賽金花比較研究

舒蘭◎著

一代名妓賽金花。

前言

這是一個人的歷史；同時也是很多人的歷史。這是一部書的歷史；同時也是很多部書的歷史。因此，也就和我們的歷史，和我們的文學史有關了。

羅家倫在世界書局出版的《孽海花》——〈臺灣重印新序〉中說：「一部富有意義而可傳世的社會小說，往往是作者時代的深刻反映，而作者本人也一定是為時代寫照的天才藝術家。」這樣說來，作品和作家同樣重要，同樣值得人們尊重和研究。這是本書立意之一。

商鴻逵在《賽金花本事》序言中說：「朋友們總是下警告似地對我說：趕快寫了吧！不然恐怕繼《孽海花》六集十二回及十二集一百二十四回的《冤海花》就要出版了。」這代表了當時一些人的心聲，後來也證實了這一點。由此亦可預測：《紅樓夢》之能成為一門「紅學」；

《賽金花》也能成為一門「賽學」。這是本書立意之二。

梁啟超說：「文學惟辭必已出，史家之史，則惟恐文中已出。」司馬光的《通鑑》，百分之九十五是引前史，這是本書作法的依據。

編撰者一向喜歡圖文並茂的書，認為圖比文字富有美感，而且比文字更具體，更有說服力，所以在圖形的收集上也是不遺餘力，方家教正為感。

目次

下卷：眾名家筆下的賽金花

上卷
謎樣女子賽金花

賽金花姓什麼

〈一〉根據民國二十三年出版，劉半農、商鴻逵合著《賽金花本事》賽之自述：「我本姓趙」，「姓傅是假冒的，因為那時常常出去應酬客人，為顧全體面，不好意思露出真姓氏，便想得一個富字，取『富而有財』之意，後來人們都把它寫成人旁的傅字了。」

「附言：或謂伊之姓趙，也是冒出，實乃姓曹，為清代某顯宦之後。」

〈二〉依照民國五十九年出版，向誠、陳應龍主編《劉半農訪賽記》（即《賽金花本事》），芝厂所作《賽金花繫獄紀實》引陳恆慶《歸里清譚》一書謂：「門前榜曰候選曹寓，曹蓋金花之本姓也。」

〈三〉依前同書陳則東〈賽金花與秋紅〉一文：「一派是見風轉舵的袁世凱、張之洞，她這個曹夢蘭的名字就是張

少女時期的賽金花。

老頭在上海時為她起的。」

〈四〉依民國八十四年臺灣商務版蕭乾主編《晚清政聞》程孟余作《賽金花解夥前後》：姓鄭，傅是從鴇母姓。」

〈五〉依一九九八年（民國八十七年）王曉玉著《賽金花、凡塵》代序：「曹者，趙之諧音也。」

〈六〉依趙蔭尊編著《名流趣話錄——賽金花三嫁》：「原姓趙，為曹姓養女。」

以上六說，姓傅已有解說，解說不同，不是本姓則一。

程說姓鄭。他說賽之原籍是「黟縣二都上軸鄭村」人，所以姓鄭。又說，「來文寫明案由是『虐待婢女』。事情發生在賽住上海法租界時。依照慣例，清廷官吏不能在租界捕人，賽是去南市丹桂戲園觀劇被捕的。」又說：「一九三四年我去北京……到鄭穎蓀處，鄭很高興地說：『你來了正好，本想寫信問你，劉半農要寫賽金花傳記，搞不清她在黟縣的那段詳情，所以有必要問你』……鄭與劉半農同來看我，就賽在黟的那段經過，作了詳談。」等。

事實上，「虐婢」案發生在北平，不在上海。賽在刑部大牢被判發解原籍。依據賽說：「發解回籍，就是那麼一說罷了，我並沒有同解差一齊動身，他們先行，我又住了幾天，摒擋些雜事，纔赴天津，由那裡乘火輪到上海（也許程說是此時），再返蘇州原籍到案。」對程文所言之事隻字未提。

按理：劉半農、商鴻逵在〈本事・附言〉中應予引證，僅說：「遞解回籍以後的些事，伊多推諉掩蓋，不肯說出。」足見程說之不可取。

說她姓曹的人較多，然而只有〈本事・附言〉加上一句「為清代某顯宦之後」，其他均未說出來龍去脈。依照商鴻逵《本事》序言：「寫到一處，偶然有感，便附上一段兩段的話，這也不過是小考證。」本事中這類「小考證」共有九處，其中八處均引經據典，說得十分詳盡，唯獨這個「附言」一、「或謂伊之姓趙，也是冒出，實乃姓曹，為清代某顯宦之後。」沒有交代。

按姓曹的清代顯宦，尤其是在江南的，恐怕只有《紅樓夢》作者曹雪芹一家。因此，筆者仔細閱讀胡適的〈紅樓夢考證〉、高陽的〈紅樓一家言〉、朱淡文的〈紅樓夢論源〉、郭衛的〈紅樓夢鑑真〉等，完全找不出賽金花是姓曹的後代半點蛛絲馬蹄。也許商鴻逵的考證是對的，但是所謂「考證」，就是要拿出證據，否則不如不說，說了等於畫蛇添足。

因此，筆者認為應該相信賽金花自己說的；她姓趙，祖父叫趙多明，在蘇州開當鋪。「趙家在徽州也是大族，人口繁殖，後分二支，一曰千戶堂，一曰積禧堂，有兩個祠堂，修蓋得都非常壯麗。」

賽金花是哪年生

〈一〉依《本事》自述：「生我那年，是同治末年，她（指母親）整整三十歲。」

同治末年，是同治十三年，亦即西元一八七四年。

〈二〉依芝厂《賽金花繫獄紀實》引吉同鈞《樂素堂詩存》作於癸卯年之〈獄中視妓賽金花感賦〉前小序引註：「賽金花是年三十二歲，其入獄在光緒二十九年夏，坊間出版的《賽金花故事》所附的年表作光緒三十一年，大誤。」

光緒二十九年（癸卯）即西元一九〇三年，是年賽三十二歲，推算她應出生於同治十一年，西元一八七二年。

〈三〉依《劉半農訪賽記》下編斯為美〈曾樸與賽金花關係之謎〉：「某記者記其言於報端，曾氏見報不悅，乃作聲明」：其中對賽之年齡有三說：

（1）「賽嫁文卿時年十六。」

（2）「文卿出使的年份，確為丁亥……《樊山詩集》〈彩雲曲〉稱，彩雲嫁文卿時為十六歲。」

（3）「予與賽識時，伊年約二十七、八……已在隨洪出使西歐歸來之後也。」

按賽嫁洪與隨洪出使西歐為同年，丁亥是光緒十三年，西元一八八七年，是年賽十六歲，以此推算她應出生於同治十一年，西元一八七二年。

賽隨洪出使西歐歸來是光緒十六年，西元一八九〇年，他們在西歐三年多，不到四年，這時賽年二十歲，曾樸竟說「伊年約二十七、八」，顯然前後自相矛盾。如按回國後年約二十七、八歲推算，她應出生於同治一、二年，西元一八六二、三年。

〈四〉依《訪賽記》下編〈賽金花死之俄頃〉一文：「具有光榮歷史之賽金花，遂與世長辭，享年六十五歲（賽金花謊報小二年，故六十三年之說，不確。）」

賽卒於民國二十五年，以享年六十五歲推算，她應出生於同治十一年，西元一八七二年。

〈五〉與前同書〈賽金花年表〉：「清同治十一年十月九日，落生於蘇州城之周家巷。」「清光緒十三年，十六歲，嫁洪鈞。」

清同治十一年，即西元一八七二年。

〈六〉依民國八十二年八月二十八日中央日報「長河」版刊登余力文〈美人歌衫名士筆，長使紅妝照汗青〉一文：「經查瑜壽的〈賽金花故事編年〉，賽實出生於一八六四年。」

西元一八六四年，即清同治三年。

〈七〉依二〇〇〇年七月八日北美世界日報「上下古今」版刊載王丹〈八國聯軍時一樁歷史懸案——謎樣女子賽金花〉一文：「賽金花約生於一八七二年……其真實年齡曾一再虛報，有時自稱為辛未生（一八七一），有時又自稱為甲戌年（一八七四），臨死前又說自己隱瞞了兩歲，實際是六十五歲，而不是六十三歲。賽金花逝世一年後，其女僕顧媽又講：『太太成仙時，的確已過了七十』，而據瑜壽、冒廣生以『賽嫁時的確實年二十四歲』。」

一八七二年，是同治十一年。一八七一年，是同治十年。一八七四年，是同治十三年。

賽成仙時，是民國二十五年，亦即西元一九三六年，是年若賽齡已過七十，以此推算她應出生於同治五年，西元一八六六年以前。

若賽嫁時實年二十四歲，賽嫁洪是在光緒十三年，西元一八八七年，是年二十四歲，以此推算她應生於同治二年，西元一八六三年。

據以上各種不同說法，得出以下一個統計數：

（1）從同治元年，西元一八六一年到同治五年，西元一八六六年，我們可以把它分為一組。中間相差四、五歲。

（2）從同治十年，西元一八七一年到同治十三年，西元一八七四年，我們把它分為另一組，中間相差也不過二、三歲。而兩組之間則相差十來歲。

以我國對於年齡的計算來說，一般有「陰曆」，有「陽曆」；有「虛歲」，有「實歲」，相差不過一、二歲。再以我國婦女對於年齡的觀念來說，總認為年輕一點好，因此有「瞞歲」的習慣，瞞個三、二歲不足為奇，但是，如果把一個二十四歲的青年婦女瞞說是十四（六）歲的小閨女，有誰會信呢？

因此，筆者認為，賽金花隱瞞二歲的說法，十六歲說是十四歲是可信的。其他說法都是以訛傳訛。曾樸不清不楚、似是而非的說法，其目的是說賽比他大許多，他比賽小許多，還不懂得什麼是愛情，撇清賽說他們之間的關係。王丹引瑜壽、冒廣生的說法，實有附會曾樸說法之嫌，不知他們之間是什麼關係？顧媽的話從哪裡傳出不得而知。商鴻逵照顧過顧媽晚年，亦從未見他提過此事。

賽金花小照（鴻泥仙館主人誌）。

賽金花是哪裡人

〈一〉據《賽金花本事》自述：「生長姑蘇，原籍徽州。」

〈二〉據曾樸編載於民國二十三年十一月京滬各報〈為述予與賽氏之間關係聲明〉：「賽金花原籍鹽城，伊自稱蘇州。」

〈三〉據民國七十四年（一九八五）臺灣中華書局出版《辭海續編》賽金花條：「江蘇鹽城人。」

〈四〉據民國八十四年（一九九五）臺灣商務印書館出版蕭乾主編《晚清政聞》安徽程孟余作〈賽金花解黟前後〉，賽金花「原籍是黟縣二都上軸鄭村」。

以上數說，《辭海續編》擬據曾樸之說，曾樸之說並未說出出處。一九八九年大陸版之《辭海》亦增有賽金花一條，其解說與《辭海續編》完全相同。

賽金花中年照。

程孟余的說法雖不為賽金花、劉半農所取，然按徽州在清代屬安徽省，治歙、休寧、婺源、祁門、黟、績溪六縣。故程說有參考價值。而其真正原籍徽州可信。只是沒有說出縣市，因此程說可作補充參考。

賽金花與洪鈞的前世姻緣

在我國對於男女婚姻，一向有「前生註定」、「千里姻緣一線牽」、「有緣千里來相會，無緣對面不相識」等的說法。在一些章回小說更有「七世夫妻」、「重述前緣」、「報恩報怨」的說法。賽金花與洪鈞的姻緣即屬此類。在這裡且引幾段文字於後：

〈一〉賽金花在《本事》自述中說：「我們徽州有一種食品，叫『狀元飯』，是用紅莧菜加豬油拌飯，我小時最愛吃這個，有人便說，我『將來必定要嫁個狀元』。後來果然嫁了洪先生。」

〈二〉曾樸在《孽海花》第四卷第七回：「寶玉明珠，彈章成艷史；紅牙檀板，畫舫識花魁。」裡，寫到雯青初見彩雲，似曾相識。又在第八回：「避物議，男狀元偷娶女狀元；借誥封，小老母權充大老母。」裡，寫他們在一起的對話，像是前生有約。

〈三〉周夢莊有一篇〈雪窗閒話賽金花〉，對於他們的姻緣述說得更具體，更詳實，為節省讀者找這篇文章，也為節錄原文不致斷章取義起見，在此不得不多摘錄些：

或謂賽金花即李藹如之後身云，按藹如江蘇銅山人，係敏達公後裔，有傾城色，負豪俠氣，知詩書、精劍術，好飲酒，愛古玩。咸豐朝遭寇亂，隨母避居山左，墮入青樓，轉徙煙臺，自視頗高，遇大腹賈蔑如也，貌端莊，寡言笑，雖艷如桃李，而冷若冰霜。蘇州洪文卿者，其父賣酒為業，遭髮逆之亂，亦偕母避居山左，適同鄉潘葦如，觀察登萊青，延文卿為記室，至煙臺。文卿愛狹邪遊，遇藹如彼此一見傾心，各述流離顛沛，聲淚俱下。藹如母女憐其才，解囊資助其母者屢矣。未幾文卿舉於鄉，明年藹如屢促其應禮部試，文卿每以無資對，藹如湊集四百金，囑文卿之友轉交，蓋其母未悉也。數日後藹如與文卿遇諸途，藹如面責其非，試曰已迫，逗留不去，是何居心，答助重金未曾收到，已為友人乾沒遠遁。於是藹如憤甚，將衣服首飾、質金二百，促其就道，在藹如始終成全者，欲其努力一發，臨行時立盟刺臂，對天祝告曰：「生我者父母，成我者藹如也，斷不作負心人。」去後，藹如覓屋另居，杜門謝客，靜盼佳音。忽聞捷報傳來，藹如母女，喜形於色，復接文卿來函，稱藹如賢妹夫人粧次，稱其母曰岳母，為堅信其對天祝告之不誣也。藹如赴廟許願，果能大魁天下，敬謹祀謝，以答神庥。後文卿居然大魁，報至煙臺，文武官各員，咸來道賀，藹如寓處，車馬擁塞，驚訝四鄰。藹如又赴各廟酬神演戲，諸色人物，均以狀元夫人呼之，較之畢秋帆尚書之李桂官，更有甚焉。素與藹如母女善者，莫不咄咄艷羡，或不善者，忌嫉之心生焉。豈料文卿二月之久，音訊杳然，藹如疑信參半，不寐者累夕，特遣蒼頭赴都，並將平日文卿所心愛工器古玩，聊以相贈，文卿置之不覆，蒼頭回訴各情，藹如同母入京，直抵江蘇會館，由值年吳君引至懶眠胡同水月禪林下榻，訪文卿，始終匿不見面，藹如赴都察院控告，亦礙難判斷，婉言相勸，派人調處。時藹如族兄名芬字香谷者，科第起家，曾任浙江知縣，赴都引見，適逢其事，當路囑其排解，文卿已有悔心，而藹如匪石難轉，毅然不允，曰：其情可惡，其理難容。豺狼心性，烏能載福。昔者李桂官非婦人身，畢尚書之鍾情，至老不衰，傳為佳話。當日見其焚香告天時，斷不作負心人，今竟作負心人，尚何言哉。文卿贈以用資，藹如揮之於地，隨母旋回煙臺。平日之不善者，冷語譏刺，一日母女皆閉閣投環而死，悲夫！悲夫。

周文起首有：「丁丑正月舊曆初三日辛未余詣東園老人處，酒邊清話，時朔風隕籜，積雪滿庭，相與縱談時事，因以賽金花恣為美談，老人於是歷舉文卿家事，及狀元娘子往事相告，當時曾筆記之，茲加整理錄後。」數語。

「丁亥」，為民國二十六年（一九三七），亦即賽金花去世後一年。東園老人不知何許人，但所言文卿家世，與「清史本傳費念慈所作〈洪鈞墓誌銘及陸潤庠所作之元史譯文證補序洪鈞小傳〉均相同。又該文說到李藹如，有時、有地、有人為證。而該文附於民國四十六年臺灣世界書局出版之《孽海花》卷首，其用意想來與冒鶴亭所作之〈孽海花人名索隱表〉等一樣，作為該書參考史料。

最後，筆者還要說的一點是：「六道輪迴」，是佛教理論，如能推翻此說，等於推翻佛教。再者，延請洪鈞作記室的同鄉叫潘葦如，巧的是賽金花的母親也姓潘，不知有淵源否。

賽金花十六歲，初嫁洪狀元時（西元一八八七年）。

洪鈞墨寶，王純傑（粹人）攝。

賽金花與曾樸之間的理還亂

余力文有篇文章題為：〈美人歌衫名士筆，長使紅妝照汗青〉，可謂一語道破曾樸與賽金花兩個名字一直牢牢綁在一起的因果。「孽海」花就是「賽金」花，作者與她之間究竟是什麼關係呢？這正是本文要提出探討的主題。

〈一〉在劉半農《訪賽記》一書中，有一篇〈申報記者訪賽記〉：

記者問：「孽海花所說的風流事，是事實否？」

賽答：「全是謠言罵我的。」

問：「曾孟樸為何要罵你？」

答：「還不是為的我嗎？」

問：「此又何說？」

答：「我幼時與曾孟樸相識，極親熱，他十分愛我，後來我『領家』圖錢，將我許與文卿了，孟樸當然實力不敵狀元，情場失意，遂作小說，憤而罵我與文卿，但現在孟樸已有六十多了。」

〈二〉與前同書，有一篇〈曾繁訪賽回憶〉，文中說：我首先問她：「曾孟樸作的孽海花，是拿魏太太的事作材料寫成的，你對這本小說的描寫有什麼感想？」

賽答：「唉！孽海花的事，我真不願提起。當初孟樸在我未嫁與洪先生的時候，很喜歡我，然而後來我跟了洪先生以後，他懷恨我，便拿小說來出氣，尤其是我在上海時候的事……唉！過去的事真不願再提它啦。」

〈三〉與前同書，有斯為美〈曾孟樸與賽金花關係之謎〉一文，文中說：

> 當曾氏生前，某記者訪賽，談及孽海花所記各節，賽輒否認，並謂：當時曾氏與洪狀元有嫌，且曾一度暗戀賽，追求甚力，賽不理，曾氏挾嫌，故著書以揚其醜，某記者記其言於報端，曾氏見報不慊，乃作聲明曰：『此殆記者誤聽賽氏之言，不然，則係有意捏造，以予揣度，賽氏

決不能言余與之有愛情關係，因兩人間決無此事實也。今為解除外間誤解計，為述余與賽氏之關係，及孽海花創作之動機：洪字文卿，為吾父之義兄，同時又為余闈師之師，故誼屬「太老師」。余當時每稱賽金花為「小太師母」。賽嫁洪文卿時，年十六歲，時余僅十三歲，焉解戀愛為何物。余初識賽於北京，時余任內閣中書，常出入洪宅，故常相見，彼時賽風度甚好，眼睛靈活，縱不說話，而眼目中傳出像是一種說話的神氣，譬如同席吃飯，一桌有十人，賽可以用手、用眼、用口，使十人俱極愉快而滿意。換言之，不冷落任何人。賽並非具洛神之姿的美人，惟面貌端正而已，為人落拓，不拘小節，見人極易相熟，余與賽識時，伊年約二十七八，著水腳繡花衣，梳當時流行之髻，已在隨洪出使西歐歸來之後也。

〈四〉在《傳記文學》第五十二卷第三期，美國哥倫比亞大學教授夏志清，介紹大陸學者魏紹昌於一九八〇年在日本《清末小說研究》四號發表的一篇〈關於賽瓦公案的真相——從曾樸《孽海花》說到夏衍《賽金花》〉，文中說：「在一九三四年賽對《申報》記者的訪問中，向曾樸狠狠地咬了一口：『曾樸在我嫁洪先生前，曾弔過我的膀子，為了失戀，所以寫那部書來糟蹋我』。」

〈五〉民國八十三年出版，柯興著《清末名妓賽金花傳》，在其〈後紀〉中說：「賽金花的答記者問在申報上發表以後，引起了很大的反響，曾樸很是坐不住，忙於解釋。但是他的解釋也是極其蒼白無力的。他的一些文墨哥兒們一個個也忙著替他解說，說曾樸根本不可能弔賽金花的膀子，這些幫閑的證詞，如同誣說『瓦賽』有染一樣，都是毫無根據的推測。」

以上所引說法，在文字上雖有不同，但其內容則頗為一致。所不同者可能由於資料來源不同，也或許由於各人行文語氣的不同。這是其一；再以賽金花本人來說，由於她所從事的行業關係，說話難免會因時、因地、因人而異，在習慣上也多用「應酬」語、「交際」話，但她在說她與曾樸之間，在未嫁洪先生之前就認識，而且曾樸很喜歡她，但她嫁洪之後，因得不到她而生恨，憤而寫書罵她，幾次的說法都是一樣的，很難說她是有意編造出來「咬」曾一口的。再說，樊樊山罵她要比曾樸嚴重的多，為什麼她沒「咬」樊樊山？下面再讓我們看看當事人曾樸當時的情形：

〈一〉民國四十六年臺灣世界書局出版的《孽海花》上下冊，在下冊附有曾樸的兒子曾虛白為他父親作的一個〈曾孟樸先生年譜〉，在該年譜上有以下各節的記述：

一八七一～一八八九（自出生到十八歲）……於是與邑人張隱南、胡君修、蔣志範遊，文名漸噪於鄉里。同時，在這過程中，先生誠摯的熱情，已找到了一位戀愛的對象——是他一生最傾心愛慕的戀人，是他到六十多歲暮年時還惓惓於懷的愛寵——不幸宗法的社會，不容許他那種奔放熱情的流露，結果，他是被斥為狂妄，為浮薄，而遭受了戀愛上沒世難忘的創痛。這個創痛，他永遠隱忍著，直到五十多歲創辦真善美書店的時候，才藉著《魯男子》第一部《戀》，以小說的形態，盡情宣露了出來。所以這部小說，可以算他青年時期自傳，也可以算他晚年回憶的懺悔錄。

……

一八八九～一八九〇（十六歲到十九歲）……這一年在表面上是孟樸先生最得意的一年，既進學做了秀才，又完婚娶了美婦……然而孟樸先生這時候戀愛上所受的創痛實在太深了，表面上的得意怎填得平他心頭的缺陷。他初戀的某女士，這時候已完全絕了望，他日記裡自述的一段寫得最真切，他說：「我從此無路走了，祇有放蕩的一法來自解煩悶，凡是可以縱我肉慾的地方……我沒有一樣不做過……若不是父親把我弄到北京去，不知道還要鬧到什麼田地。」

……

一八九〇～一八九一（十九歲到二十歲）……這年上半年，孟樸先生又赴北京，與京中諸名士，如李石農、文芸閣、江建霞、洪文卿等相周旋，潛心研究元史西北地理及金石考古之學。

我們引述了曾樸的兒子曾虛白為曾樸所作的年譜，如與〈賽金花年表〉對照看，很容易看出兩者之間有許多的巧合——在這裡不如說是事實真相來得妥貼：

（1）「曾譜」：曾生於一八七一年。「賽表」：賽生於一八七二年。[1]實際上，曾比賽大一歲或同歲，並非如曾所說，賽比他大三歲或更大。

（2）「曾譜」：曾自出生到十八歲，「誠摯的熱情，已找到了一位戀愛的對象」。「賽表」：十五歲開始在蘇州花船上作「清倌」，並認識了狀元洪鈞。

（3）曾的戀愛：「不幸宗法的社會，不容許他那種奔放熱情的流露，結果，他是被斥為狂妄，為浮薄。」實因洪鈞也愛上了賽金花，洪鈞是曾樸的

[1] 曾、賽二人正確生卒年月日：曾孟樸生於清同治十一年正月二十二日，卒於一九三五年六月二十三日。賽金花生於清同治十一年十月九日，卒於一九三六年十二月四日。

義伯父，又是太老師，因此「而遭受了戀愛上沒世難忘的創痛，他永遠隱忍著。」

（4）至於說：「直到五十歲創辦真美善書店的時候，才藉著《魯男子》第一部《戀》，以小說的形態，盡情宣露了出來。」依筆者看，未必是《魯男子》，很可能是《孽海花》。因為《魯男子》中的女主角齊宛中，也確有其人，實際上是曾樸的祖母最愛的姪孫，是曾樸一位遠房姓丁的二表姐。當時表兄妹表姐弟結婚是種時尚，是親上親，豈會為宗法社會所不容，被斥為狂妄。只有玩妓玩到義伯父和太老師頭上，才會遭受那種批評，才會永遠隱忍，但他始終並不死心。

（5）在「曾譜」裡「十八歲到十九歲」，「他初戀的某女士（這裡稱女士不稱小姐有已婚的意思），這時候已完全絕了望」。在「賽表」裡正是賽金花已嫁洪鈞，而且遠離中國，到西歐去了。所以在曾的日記裡這樣寫著：「我從此無路走了，祇有放蕩的一法來自解煩悶，凡是可以縱我肉慾的地方……我沒有一樣不做過……」由此可見，這種情形有一段相當長的時間。賽金花十六歲隨洪去西歐，十九歲回國，以此推算，曾樸這一段胡鬧是從十七歲少年維特到二十歲。

（6）賽隨洪回國住在北京，曾的父親也設法（為曾在京捐一內閣中書），把曾弄到北京。「若不是父親把我弄到北京，不知道還要鬧到什麼田地」。到了北京又是怎樣呢？很顯然的，其目的就是找機會見到賽金花，接近賽金花。至於打的什麼主意，也只有他自己知道。結果，他原本是喜歡文學的，研究起元史西北地理了，因為這是洪鈞的專長，這樣可以藉故經常出入洪府。

〈二〉、宣統元年（一九〇九），曾樸在上海清和坊「媚蓮小榭」，也娶了一名雛妓，曾樸為她取名「彩鸞」。彩鸞在杭州買了一名婢女，名叫「小鳳」，初到曾家，年約十三、四歲，一年後，長得像水蔥一般鮮豔，曾樸曾為她開了一次「坐懷不亂」的戒，因此被彩鸞趕去北京，她便是後來與蔡鍔將軍齊名的「小鳳仙」。

我們知道，賽在未嫁洪之前，名叫「彩雲」，嫁洪之後改名「夢鸞」，而「彩鸞」之名正是從「彩雲」、「夢鸞」中各取一字，真是妙極，這不正是所謂的「此處無銀三百兩」嗎？

〈三〉、洪鈞和賽金花，原籍都是徽州，而曾樸是江蘇，也把賽金花的原籍說成「江蘇鹽城」，這種「酸葡萄」心理真是令人難以捉摸。

綜合上述，這該是一樁佳話，雨過天晴之後大可大白於天下，賽金花個人都承認了，曾氏父子又為何一再欲蓋彌彰呢？難道這也包括在整個精心設計之內不成？

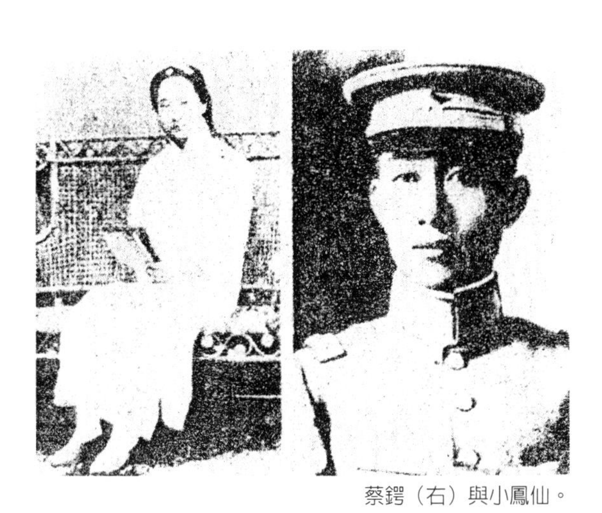

蔡鍔（右）與小鳳仙。

「賽瓦公案」真相的商榷

關於賽金花，阿英（錢杏邨）[2]在一九三六年所作的一篇〈從各種詩詞雜記說到夏衍的〈賽金花〉文章中說：「賽金花出現在文藝作品中，幾乎集中三個時期：第一個時期：是從庚子（一九〇〇）開始的三數年間；第二個時期：是在一九三一年『九、一八』至第二年『一、二八』兩次中日之戰前後；第三個時期：是賽金花逝世前後三數年間。重點多集中在她和八國聯軍統帥德國將領瓦德西的關係以及對國家

[2] 阿英（一九〇〇—一九七七）：。原名錢德富，又名德賦、杏邨，阿英為筆名。安徽蕪湖人。曾和蔣光慈等組織「太陽社」，編輯《太陽月刊》、《時代文藝》、《拓荒者》等雜誌。著有長詩〈暴風雨的前夜〉，詩集《餓人與飢鷹》、《荒土》；中篇小說〈一條鞭痕〉；短篇〈義塚〉、〈革命的故事〉；日記《流離》；論文〈現代中國文學作家〉等。一九三〇年參加「中國左翼作家聯盟」籌備工作，被選為常委。一生編著甚豐。

阿英戎裝照。

的功過上。這也是他所謂的「賽金花熱」。

從賽金花逝世（一九三六）到現在，一轉眼七十年已經過去，筆者從這已經過去的七十年文藝作品中發現，賽金花的出現也集中在三個時期：第一個時期：是從一九五六年到一九六〇年；第二個時期：是從一九六八年到一九八〇年；第三個時期：是從一九八五年到二〇〇〇年。同樣：「重點多集中在她和八國聯軍統帥德國將領瓦德西的關係以及對國家的功過上」。

所謂的「賽瓦公案」，在以上這六個時期中，也有它本身的六個時期：第一個時期：是在庚子（一九〇〇）年八國聯軍佔據

齊如山（左）與梅蘭芳。

了北京，西太后挾帝奔西安的時候。這時樊樊山作了一首〈後彩雲曲〉長詩（前彩雲曲也是一首長詩，寫彩雲嫁洪鈞），他在序中說：「彩雲侍德帥瓦德西，居儀鑾殿……儀鑾殿火，瓦抱之穿窗而出……」詩中說得更多，活神活現，好像親眼見到一般。第二個時期，是一九〇三年，曾樸接手寫《孽海花》，他在書中說，賽金花隨洪鈞出使西歐，在德國戀上一位德國青年軍官瓦德西，而且兩人有私通關係。第三個時期：是一九三四年，北大教授劉半農，和他的博士班的學生商鴻逵，為賽金花寫了一本《賽金花本事》，賽在書中說：以前並不認識瓦德西，庚子年北京見面後兩人交情很好，但彼此間是清白的。第四個時期：是賽死後，齊如山[3]寫了一篇〈關於賽金花〉的文章，文中說：「我測度她（指賽）沒有見過瓦帥，就是見過，也不過一二次，時間上也一定很短暫。」第五個時期：是一九八〇年，魏紹昌在日本《清末小說研究》第四期，發表一篇〈關於賽瓦公案的真相〉論文，文中說：「其實，世間並無賽瓦公案其事，原來是一個彌天大謊。」第六個時期，是一九八九年，趙淑俠寫了一篇〈賽金花隱沒於紅塵盡處——代序〉，她在該代序中說：「瓦德西以征服者的身分到中國，遇到當年故舊，尤其見洪鈞已死，賽金花淪落為妓，現又受戰亂之害缺衣少食，同情與今昔之感不會沒有……瓦氏在遙遠的中國，生活枯燥寂寞，與賽金花這位老朋友相

[3] 齊如山（一八七六～一九六二）：名宗康，以字行。河北高陽人。出身書香門第。父為翁同龢門生。十九歲入北京同文館習德、法文，肄業五年。庚子事變，同文館停辦，經商。其後，三次赴西歐考察法、英諸國戲劇，民初回國，從事戲劇研究。為梅蘭芳修改和編寫大量京劇劇本。三〇年代主持「國劇學會」，編輯出版「國劇叢刊」、「國劇畫報」。一九四八年底赴臺。著有《齊如山先生全集》。為著名戲劇家和戲劇理論家。

遇，自是很愉快的事，跟她多聚聚談談，煩她做嚮導四處看看逛逛，屬於人情之常，不見得就表示跟她有戀情或床第間關係。」

以上六個時期六種不同說法，孰是真相，孰是假相，這是本文要提出商榷的。從以上六種不同說法亦可看出：第一、第二兩種說法相近；第四、第五兩種說法相近；第六和第三兩種也相近。茲為討論方便，採取第一、第二、第四、第五、第六、第三的順序敘述於後：

第一種說法：黃濬在他的〈花隨人聖庵談摭〉裡，有這樣的敘述：「所述儀鑾殿火，瓦賽裸而同出云云，余嘗叩之樊翁，謂亦僅得之傳說。」

第二種說法：一九三六年十二月八日，曾樸的表弟楊雲史[4]在致張次溪的書

[4] 楊雲史：江蘇常熟人，世代為官，為江南四大公子之一。年十七，娶李鴻章孫女道清為妻，後續弦徐霞客。曾出使英倫，任駐新加坡領事。是《孽海花》作者曾樸之表弟。一九〇〇年夏，楊父由李鴻章奏調北京協辦議和，雲史隨父一同住李寓所賢良寺年餘，故對賽事極為瞭解。其後追隨吳佩孚。

瓦得西晚年照。

簡中說：《孽海花》為余表兄所撰，初寫稿時，余曾問賽與瓦帥私通，兄何知之？孟樸曰彼二人實不相識，余因苦於不知其此番在北京相遇之由，又不能虛構，因其在柏林確有碧眼情人，我故借來張冠李戴，虛構事跡，則事有線索，又有來龍，且可鋪張數回也。」以上兩種說法，幸有造謠者出來承認，否則，來個死不認帳，甚至編出更多謊言，誰也無可奈何。謠言既經證實為「傳說」，為「虛構」，因為影響大，一般人還是寧信其有。就連賽金花本人，在「白頭困

瓦德西（1832-1904）。

境」晚年，偶爾也說氣話，順勢利用承認，達到虛張聲勢目的，使得原本澄清的事，更加撲朔迷離。

第四種說法：齊如山在他那篇約七千字的文章中是這樣說的：「一次同一軍官到中南海，見紫光閣前，月臺上堆滿了書籍，山堆大垛，亂七八糟，我問這是怎麼回事，適管理此事一軍官，由閣中出來，說是要用此閣養馬，所以把書都扔出來，問我要不要，他可以管送，不要錢。我說一來，我沒有這麼多房屋盛他，二來，將來政府回來也許有罪過，他很相信，且領著到閣中看看，一進門，便見賽金花同兩個軍官在裡面，我同她說了幾句話，忽見瓦帥，由南邊同一個軍官走來，與賽在一起之軍官，很露愴惶之色，商量躲避之法，我便出來，瓦帥見我是一個中國人，問我同行之軍官，我是何如人？軍官代答，並說我說極好的德國話，我便對之行一敬禮，瓦帥也很客氣，問我德國去過嗎？對以沒有，他問在哪兒學的德文，當即告彼，又說了幾句話，我就走了。又一次在瀛臺，又遇到賽同別的兩位軍官，我跟賽正說話，又遠遠的見瓦帥同站崗之兵說話，這兩位軍官也露不安之色，其一說，瓦帥不會進來的，後瓦帥果然走了。這兩次賽金花都沒敢見瓦帥，所以我測度她，沒有見過瓦帥，就是見過，也不過一二次，時間也一定很短暫。」

筆者認為，齊氏這篇文章很有真實性，但在「測度」和「我想」上太過主觀，有許多地方值得商榷。我想，這也許就是他以前向況夔笙、冒鶴亭、樊樊山、劉半農、楊雲史、張次溪等人說賽的壞話，卻沒有一個人樂意接受的主要原因。就拿以上這兩件事來說，賽金花在《本事》就曾說過：「他們的那些軍官感到寂寞的時候，倒也想找個姑娘來陪著喝喝酒，常是懇求我給他們作介紹，我推辭不過，便派人到外邊去叫。」軍官們找她，可能是做這類的事；也可能是別類私事，在賽處商議不方便，乾脆把她請到營區來，但是最好也不要讓瓦帥知道。哪想到瓦帥竟出現了，再說露出愴惶之色的、露出不安之色的是那些軍官，而不是賽金花。軍官們為什麼會這樣呢？自然是不希望讓瓦帥知道他們和賽金花在一起，那麼賽金花也只有配合他們一起演出，躲避都來不及，怎麼還敢出來呢？第二次齊也沒出來，難道也是「沒敢」嗎？因此筆者認為以此來「測度」賽金花沒見過瓦帥，既不合情理；也不合邏輯。

第五種說法：魏紹昌在他那篇約一萬字的論文中說：「賽金花和瓦德西的一段公案，其實在當時已有夢蕙草堂主人的《梅楞章京筆記》揭露真相，接著，范生的《為近代外患史上一個被迫害的女人喊冤》、冒鶴亭的《孽海花閒話》，包天笑的《釧影樓筆記》，以及瑜壽（即張次溪）的《賽金花故事編年》，都說並無其事，甚至指出賽金花和瓦德西連面都沒有見過。不過，他們幾位的這種說法，在大家對假相一味樂於盲從的情況下，長期不被注意而忽略了，沒有引起應有的重視和研究。這裡綜合上述幾篇文章提供的材料，事情的經過原來是這樣的：『八國聯軍侵入北京城後，賽金花住在石頭胡同。一個替德軍軍法處長當翻譯的葛麟德（原來是廈門海關三等幫辦），是她的熟客。八大胡同附近的居民妓院，經常被德軍騷擾，她常常找葛麟德說情，有時也能生效，附近人家對她非常感激。有一天（約在一九〇〇年十月以後），她要葛麟德帶著去逛中南海，因為皇家庭園是難得有機會去觀光的。葛麟德說：聯軍總司令瓦德西在中南海紫光閣辦公，軍令森嚴，禁止婦女入內，這事怕不好辦。賽金花便去要求她另一個熟客丁士源（他為了辦理掩埋路屍等工作，常和聯軍總部的德國軍官接洽），丁答應了，但要她改裝男子，冒充他的僕從。他們兩人騎了馬，出石頭胡同，經觀音寺，進前門，到景山三座門，又通過了美軍防地和法國防地，終於到達中南海大門。但守門的德國兵不准他們進去。丁士源說要見瓦德西的參謀長，回說出去了，結果是使他們掃興而返。事情卻沒有就此完結。丁士源回寓後，將這件事告訴了同寓的兩位新聞記者。一位是上海《新聞報》記者沈蓋；另一位是專替李伯元《遊戲報》寫通訊的鍾廣生。這兩位記者認為原來的故事太平淡，不會受報館老闆的歡迎。靈機一動，覺得這個題材可以用來給侵略軍頭子的鼻子上抹一撮灰，開一下玩笑，於是便無中生有的一變而為瓦德西在中南海召見賽金花，大受其寵幸了。《新聞報》和《遊戲報》是當時上海的暢銷報，兩篇稿子一發表，謠言便震撼了南北。

魏氏的〈關於賽瓦公案的真相〉一文，作於一九八〇年十月，一九九三年收入〈晚清四大小說家〉，後面加一「附記」：「本文原載……承蒙美國哥倫比亞大學夏志清教授的看重推薦，曾在臺灣《傳記文學》一九八八年第三期轉載。據同期刊出夏教授寫給主編劉紹唐先生的書簡中指出：我考證出來的賽金花與瓦德西並不相識這一結論，『同齊如山的是完全一致的』。由於齊老很早移居臺灣，我在上海撰寫此文時未能見及他的著作，所以只舉了……諸人揭露真相的文章，後來讀到《齊如山回憶錄》，才知道庚子年間齊如山就在北京，他通德文，而且同德軍辦過交涉；他也認識賽金花，知道她並不會講德語（頂多只能應答幾句極一般的簡易對話）。所謂『賽瓦公案』，完全是無中生有，笑話奇談。我很感謝夏教授為拙文提示了這樣一條極為有力的當事人材料。」

就以上所述，筆者認為：魏文是「賽金花研究」中第一篇純學術性的專題論文，但並沒有百分之百的成功，主要因為他沒有拿出百分之百的證據。他所使用的材料，例如：夢蕙草堂主人、范生、冒鶴亭、包天笑、瑜壽等人的說法，不但老舊，即在當時也沒起過多大的作用，其原因也是缺乏證據，所以沒有多少說服力。只有夢蕙草堂主人寫了這麼一個小故事，還滿像一回事，但是拿它當作主要證據是很不夠的。不說別的，就拿魏文後段提到的齊如山來說，若以齊之矛攻魏之盾便不堪一擊。例如：

魏文引述夢文說：「八大胡同附近的居民和妓院，經常被德軍騷擾，她（指賽）常常找葛麟德說情，有時也能生效。」齊如山則親眼看賽金花經常和一些德國軍官在一起（她會說德語），試問，在這種情形下，德軍還會經常來騷擾嗎？

還用得著找葛麟德說情嗎？又說：「她（指賽）要葛麟德帶著去逛中南海，因為皇家庭園是難得有機會去觀光的。」這話對一般人來說還可以，但對賽金花來說，真是天大的笑話，他忘了，賽金花當年是欽差大臣夫人，後來與禮部侍郎有金蘭之交，庚子年又認識那麼多的德國軍官，更別說瓦帥了，什麼時候逛中南海不可以，皇家庭園對她來說，絕對不是什麼難得有機會觀光的。又說：「聯軍總司令瓦德西在中南海紫光閣辦公，軍令森嚴，禁止婦女入內。」但是齊如山看到的紫光閣，裡面是皇家藏書的所在，正準備用它來養馬，還在這裡遇到賽金花。再說，〈梅楞亭筆記〉原文是文言，裡面說的是：「丁、王乃攜馬夫及賽，由丁在前分乘四騎（並非兩人）……過金鰲玉蛛橋時，賽於第三騎大呼曰：好景致，好看！丁曰：勿聲！適至南海大門。」在這裡把賽金花寫成一完全沒見過世面不懂事的小女子。而且該文只說：「錢塘鍾廣生及劉陽沈藎，幫丁辦理掩埋事宜」，也並未說他們是記者。

其實，這些都是歪打正著，夢蕙草堂主人這些人，原本是聽不慣「賽瓦公案」第一、第二種說法過於惡意中傷賽金花，他們出來是為賽打抱不平的，所以有「妄人又構《孽海花》一書，蜚語傷人」等語，想不到會被魏文用作反證。而齊文從頭至尾沒說過賽金花一句好話，卻在很多地方反而為賽金花作證了，這恐怕是原作者們所始料未及的。

再說，夢蕙草堂主人是何許人也？誰能保證他不會是樊山、曾樸第二呢！能拿他來和楊雲史比嗎？楊雲史是李鴻章的孫女婿，他的父親曾由李鴻章奏調北京隨辦議和，楊雲史跟他父親一起住在李寓賢良寺一年多，以他的身分地位為人，說賽金花的事「全在余眼中」、「實於北京有功」難道不足為信嗎？他在〈靈飛墓誌謁〉中更具體的說：德軍「蹂躪居民，淫掠殊酷，賽金花目睹浩劫，惻愴於心，數乘間言於瓦，使約束所部，嚴禁淫戮，開釋株連，疏民困，瓦皆從其言，條令綦嚴」難道這是假的嗎？

至於魏文說：「八國聯軍在八月十五日攻陷北京，總司令瓦德西是遲至十月十七日才趕到北京，中間時間相差達兩個月。賽說洋兵侵入北京沒幾天她因遇見德兵騷擾，第二天便同瓦德西會見了，這是完全不可能的。」關於這一點，齊如山也說：「由天津往北京攻的時候，總司令是英國人，瓦帥到得很晚，到京約一個月之後，德國陸軍才到，才換他為總司令。」由此證明賽金花在時間的說法上，確實有問題，在這裡能替她解圍的，只有兩點：其一，她並未明確說明日期；第二、商鴻逵在作《本事》序言中說：「……迄今更如過眼雲煙，不復記憶矣！甚至提一人，道一事，也不能盡其原委」來作答。畢竟是三十多年前的事，人老智衰，誰又能盡說清楚呢。

第六種說法：趙淑俠在她那篇長達八千字的〈賽金花隱沒於紅塵盡處代序〉中說：「『瓦賽公案』似乎並無可疑之處，連我本人也曾信其有，我對之懷疑，要刨根挖底弄清這段『公案』，還是最近兩三年的事。」「為了找資料，我不知找了多少圖書館，託了多少識與不識的人」「為此我特別到西柏林原清朝公使館的故址……從北京到上海，再到她的故鄉蘇州……洪狀元『金屋』藏賽金花的繡樓……」由此可見她認真的態度和實際上所下的功夫。她與一般不同的地方是，她還掌握了許多德國方面的資料。

她說「瓦德西以征服者的身分到中國，遇到當年故舊」，是基於「一百年前的柏林，外交使節和德國高官多集中在兩個區域，其一就是孽海花中所說的『締爾園』。『締爾園』的原文名稱是（Tier Garten），翻成中文就是『動物公園』。當時的中國使館和瓦德西夫婦都住在這一區，瓦氏夫婦和賽金花都常常到園裡散步，都是柏林社交界的名流，都喜愛設宴請客，想不認識也不容易，但絕不像《孽海花》中描述的。」

她說「尤其見洪鈞已死，賽金花淪落為妓，現又受戰亂之害缺少衣食，同情與今昔之感不會沒有，所以在第一次見面時送了她一千銀元和兩套衣服解急……」不見得就表示跟她有戀情或床第之間的關係。」是根據瓦德西姪女寫的瓦德西夫人的傳記，書名是《愈發清楚》（*VON KLarneit zu KLarheit*），對於他們夫婦為人、教養、風度、品味以及整個家庭生活資料的判斷，他絕不會荒唐到以八國聯軍統帥之尊，跟賽金花大搖大擺的住在慈禧太后的寢宮儀鑾殿。」

庚子時八國聯軍將帥在北平南海聽鴻樓前攝影（中立配軍刀者即八國聯軍統帥瓦德西）

她說「瓦氏在遙遠的中國，生活枯燥寂寞，與賽金花這位老朋友相遇，自是很愉快的事，跟她多聚聚談談，煩她做嚮導四處看看逛逛。」是根據「阿松．史密斯（ALSON J．Smith）所著《普魯士沒有龐貝度》（*In Breussen Keine Bompadour*）中，曾引述當時尚健在的瓦德西副官的話說：『在中國的整個時期，從沒見過元帥跟任何中國女子在一起過。他倒是跟他最重要的夥伴李鴻章，曾經去騎馬或參觀遊覽。』瓦氏副官的話不外是為了證明老長官的清白，糟的是他竟越描越黑露了馬腳，毛病就出在他對中國的歷史一無所知，又沒仔細讀過《瓦德西拳亂筆記》。一九〇〇年十月十七日瓦德西到北京，奉命議和的慶親王奕劻和李鴻章要求相見，瓦氏大擺戰勝者的架子，到十一月十五日才第一次約見兩人，談了約一小時之久。其時李鴻章已是七十七歲高齡渾身帶病的老人，連上下馬車都需人攙扶，怎麼能夠陪著瓦德西去騎馬遊玩？而且遍讀瓦德西的日記，在華期間總共才見過李鴻章兩次，兩人之間絕無私交，不會一塊兒去溜馬的。但是瓦德西的紅鬃馬荷西亞（Hosia）被帶到中國則是事實，他本人在日記上曾說

『常常騎馬』，賽金花口口聲聲說『常跟瓦德西元帥在天壇附近騎馬』，連全心全意要維護故世主官的高尚道德的副官先生，也不否認有中國人陪他騎馬。這個中國人是誰呢？最可能的人應該是賽金花。」

筆者認為：趙淑俠的說法不但合情合理，也合邏輯，起碼是「理論的真相」。至於「絕對的真相」，想來只有天知地知當事人知了。（趙文中另外對於齊如山的一些批評，筆者認為也是對的。）

最後，讓我們回過頭來看看第三種說法——也是當事人的現身說法。首先讓我們聽聽當事人之一的賽金花是怎麼說的。她在「本事」中說：

> 過了些天，稍見平靜。我在那裡因生活沒有辦法，就想著往南城搬，這時街上全是洋兵佈崗，盤查行人嚴極了。我挺著膽子帶著孫三爺向前疾走，一路上遇到幾次攔問，幸虧全是德國兵，我會說他們的話，占了許多便宜，不然，便要喫苦了。

……

到南城，房子很不容易找，就暫住在李鐵拐斜街一家熟識下處的門房裡。這時南城的洋兵很多，最無紀律，整日間在外邊喫酒尋樂，胡作非為。有一天晚上，聽見外面一陣格登登的皮鞋響聲，一直往裡院去了，工夫不大，又走出來，站在我們房前敲門，怎敢給開呀？他們見不開門就用腳猛踢，我看這情形不好，不開門是不行，便忙著答了聲，把洋燭點著，開開門讓他們進來，原來是幾個德國的小軍官，他們的舉動先是很不禮貌，後來見我能說德國話，又向他們問德國的某官某先生，他們不知我有多大來歷，便對我顯出了很恭敬的樣子。坐了一會兒，他們要走，對我說：「回去一定報告完帥，明天派人來接，請在家等候，千萬不要躲開。」

……

翌晨果然派了兩個護兵，套著一輛轎車來接我。到了他們的兵營裡，見著他們元帥瓦德西——我同瓦以前可並不認識——他問我：「到過德國嗎？」我說：「小時候同洪欽差去過。」又問：「洪欽差是你什麼人？」這時候我卻撒了一句謊，說：「是我姐丈。」他一聽，喜歡極了。我們越談越高興，很覺投機，當下就留我一同喫飯。喫飯時，我乘便就把我怎樣從上海到的天津，因鬧義和團又逃來北京，途中狼狽情形及到京生活的困難，對他訴說了一遍。他聽了很表同情，只見他同旁邊的軍官低聲嘰哩咕嚕的不知說了些什麼，隨著便拿出來兩套夾衣服，都是青緞繡花的；又取出一個小箱子，裡面裝著一千塊錢，都是現洋，對我說：「東西很少，請先拿去用吧。」我正在這窮愁交錯的時候，遇到這樣的優待，心裡實在感激，忙著謝了謝，便收下了。一直待天黑，我要回家了，瓦德西很捨不得我走，千叮嚀萬囑咐，希望我能常常來他營裡，又親自把我送出來多遠，我倆才握手而別。從此以後，差不多每天都派人來接我，到他營裡一待就是多半天，很少有間斷的日子。

……

我初次見瓦德西時，他對我說，他們乍到北京，人地生疏，種種軍需，都還沒有辦法，請我幫助辦一辦。我聽了這話，很覺為難，無論如何我總是女子，糧臺大事，哪有經驗！便竭力的推辭。怎奈他一味的不允。過幾天，我到他營裡，他又對我說，請幫助辦辦，叫我實在不好意思再推辭了。纔騎著馬——這不似在通州郊外了，也有膽騎了——有幾個小軍官陪著，到街上找個商戶……

以上筆者引錄這麼多賽金花的話，其實也只是其中的一部分。依照常理判斷，賽金花的說法有太多的不可能：

第一個不可能：小軍官們為什麼要把見到賽金花的事「回去一定報告元帥」？為什麼未向元帥報告之前就敢替元帥決定「明天派人來接」？而且「翌晨果然派了兩個護兵，套著一輛轎車來接」了。

第二個不可能：瓦帥怎麼能和一個陌生的中國妓女，在兵營從早晨談到天黑，還請她一同喫飯，送她衣物，送她一千塊錢。

第三個不可能：瓦帥怎麼能把德軍的糧臺大事，放心拜託給一個第一次見面素昧平生的中國妓女。

由於以上三個不可能，便可斷定以後許許多多的不可能，不可能為北京市民請命，不可能為議和出力、不可能……不可能……都不可能。除非像趙淑俠說的那樣，不但一切可能，還與事實相當接近，幾乎等於事實，或者就是事實才有可能。

如果趙淑俠說的是事實，是對的，賽金花為什麼不這樣說：不承認呢？很可能是受《孽海花》的影響，這樣一說一承認，等於承認他（她）們在柏林「私通」，有柏林的私通，就有北京儀鑾殿睡在一起的事。是否因此而隱瞞事實？還是賽說的確是事實？也恐怕只有賽金花和瓦德西兩人心知肚明了。

德軍軍官在北京與妓女合影。

賽金花對國家的功過

關於這個問題，在這裡，首先讓我們聽聽賽金花自己的說法。在《本事》裡她說：

洋兵纔進城時，一點紀律也沒有，任著意兒姦淫搶掠，京城婦女因之戕生者，不知道有多少！他們最大的仇敵就是義和團[5]了，只要見著一個情形稍有些

[5] 義和團：會黨名。白蓮教之支派，團中奉洪鈞老祖父及黎山老母為祖師。始創於清嘉慶時，其後蔓衍於山東省曹、沂等州。時清廷屢見侮於外人，義和團倡扶清滅洋之說，蓄意排外，並造作咒語，謂可避禦洋人之槍砲子彈。光緒二十六年（一九〇〇），魯撫毓賢禦任調普，入覲時，言之於朝，孝欽後及宗室重臣多信之，加入為團練，號為義民，自此橫行京、津間，焚教堂，戕教士，掘鐵路，毀電線，凡物之洋式者悉毀之。後又召甘軍董福祥率部入京與之合，同時下令攻使館，向各國宣戰。各國使領連電本國請援，於是英、俄、法、德、美、日、義、奧八國，共組聯軍來華，攻破京師，連陷保定、張家口、山海關等地。後與

義和團女團員紅燈罩。

義和團的裝束及其審問人民。

可疑的，便指是義和團，也不問究竟是真是假，立刻按倒就殺，這也是一種因果報應啊。在一個月以前義和團也正在這樣的殺他們呢！我每次出去，只要碰著了這樣事，就急忙跑過去說：「他不是義和團，我敢擔保，我擔保。」這時候洋兵

德宗走西安，即委奕劻、李鴻章為全權大臣，與各國議和。二十七年（一九〇一）約成，要款有四：一、分遣親王專使至德、日兩國謝罪；二、賠款四萬五千萬兩，分三十九年償清，本息總數為九萬八千二百二十三萬八千一百五十十兩；三、許各國駐兵京城，保護使館；四、拆除天津城垣及大沽砲臺。

編列開進紫禁城的八國聯軍。

光緒二十六年庚子（一九〇〇），圖為八國聯軍攻破之北京正陽門，燬於炮火遺跡，後改建為前門。

差不多也都認得我，見我一擔保，他們就放開了。就這樣著，很救下了不少人的活命。待後，我乘機向瓦德西說：「義和團一聽你們要來，早逃竄得遠遠的了，現在城裡剩下的都是些很安份守己的民人，我們已經受了不少義和團的害了，現在又被誤指為義和團，豈不太冤枉？」瓦聽了我這話，便信以為實，隨著就下了一道命令，不准兵士們再在外邊隨便殺人，洋兵接到這命令，行動才稍稍斂跡。其實，那時北京城裡當過義和團的人還多

清兵在洋人的監督下殺害義和團團員。

齊化門外聯軍殺義和團。

著哩！

……

「賽二爺」這個名兒，在那時，也弄得傳遍九城，家喻戶曉了。每天拿著名片來謁見我的人，一個挨一個，有為聯絡情誼的，有懇求代為說項的，我這個人又是「有求必應」，生就來的一種好管閒事的脾氣，有些王公子弟便拜我作乾娘，為的當成親戚走動，好借些庇護。

……

當開和議時，態度最蠻橫、從中最作梗的要算德國了。他們總覺得死了一個公使，理直氣壯，無論什麼都不答應。尤其是那位

盤踞拒不撤兵的俄國軍隊。

克林德夫人，她一心想替她丈夫報讎，說出來許多的奇苛條件，什麼要西太后抵償呀，要皇上賠罪呀，一味的不饒，把個全權和議大臣李鴻章弄得簡直沒有辦法了，我看著這種情形，心裡實在著急，又難過，私下裡便向瓦德西苦苦的勸說了有多少次，請他不必過於執拗，給中國留些地步，免得兩國的嫌恨將來越結越深。瓦說，他倒沒有什麼不樂意，只是克林德夫人有些不好辦。於是便自告了奮勇，作了個說客去說她。我見著了她，她對我的態度還很和藹，讓我坐下，先講了些旁的閒話，然後我便緩緩的向她解釋說：「殺貴公使的，並不是太后，也不是皇

被沙俄侵略軍逮捕的義和團民。

上，是那些無知識的土匪——義和團，他們闖下禍早跑得遠遠的了。咱們兩國的邦交素來和睦，以後還要恢復舊好呢，請您想開些，讓讓步吧！只要您答應，旁人便都答應了。」她道：「我的丈夫與中國平日無讎無怨，為什麼把他殺害？我總要替他報讎，不能就這麼白白的死！」我說：「讎，已算是報了，我國的王爺大臣，賜死的也有，讎還不算報了麼？」她又說道：「那不行，就是要太后抵償，也要皇上給賠罪。」說這話時她的態度表示很堅決。我想了想遂說：「好吧！你們外國一個為國犧牲的人作紀念，都是造一個石碑，或鑄一個銅像；我們中國最光榮的辦法，卻是豎立一個碑坊。您在中國許多年，沒有看過那些為忠孝節義的人立碑坊麼？那都能萬古流芳千載不朽的！我們給貴公使立一個更大的，把他一生的事情和這次遇難的情形，用皇上的名義，全刻在上面，這就算是皇上給他賠罪了。」經我這樣七說八說，她纔點頭答應了。這時我心裡喜歡極了，這也算我替國家辦了一件小事。

而齊如山在他那篇〈關於賽金花〉的文章裡，恰恰和賽金花唱反調。在〈賽瓦公案真相的商榷〉裡我們已經引述了他說「賽金花沒有見過瓦德西」的話，這是我們對於引錄賽金花第一段話的解說，在這裡不再重複。對於賽金花的第二段話，齊如山也講了一個故事，他說：

賽金花手下，有兩個人，一姓劉，名海三，號稱劉三，會說幾句德國話，似乎是洪文卿帶著出過國的廚役（我猜想），說的都是下等德國話，天天帶著德國兵，到各處去敲詐，大家都說，他跟賽勾著手，或說是賽的嘍囉，至於他詐了錢，給賽與否，或分給多少，我不得而知，但他到處是用賽恫嚇人，那是無可諱言的，後被科知府逮捕，科知府，名科兒德斯，即同德國公使克林德，在東丹總布胡同口，遇難未死之頭等漢文參贊，他女兒現在還住北平西郊，聯軍進京，各國都沒有行政機關，德國這個機關，設在崇文門外迤西林氏之屋內，前門在後河沿，後門在西河沿，即名曰知府衙門，科即為知府，一次賽金花找我，請我去求情，我說此事妳可以去求軍官，一定可以有效，她說我求了沒用，你再給說說罷，我說去求求沒什麼不可以，但不一定有效，我問她，你二人是怎麼個關係，我也好措詞，她說：請你最好是不要提我。過了兩天，我恰有事去找科知府，說完了話，我問了一句，說此處有押著的一個劉海三麼？他說有，即問我，你認識他麼？我說看見過，沒說過話，我問他，什麼罪過？他說很重，我說我受人之託，來問詢問訪，他樂了一樂，說受洪夫人之託罷，我也樂了，他接著說洪夫人已經求了兩位少尉，同我這裡的衛隊軍官說過，沒好意思跟我說，但是案情很重，沒辦法，又接著說，他是毀害你們中國人哪，意思是不願我再往下說，我當即問他，我可以看看這個人麼？他說可以，我同一衛兵都是倚仗外人欺害中國人的，看了非常的傷心，及至見到劉三，我跟他雖是熟臉，但未說過話，他自不敢先說，我即問他，有什麼話說沒有，他趕緊就說，請你趕緊跟賽二爺說，求求人情罷，我說好，隨即離開屋子，後來此人果被槍決了。其他一人，大致也姓劉，看情形，似一位開妓館的老闆，同兩個回回出資，與賽金花合夥作買賣，大致是賽出名出人，他們出錢。

……

我想她沒有見過克林德夫人，我雖不能斷定，但以理推之，卻是如此，因為庚子年在北平，不過一個老鴇子的身份（說見後），一個公使夫人，怎能接見這樣的一個人呢？再說我也常見克林德夫人，總沒碰見過她……假如賽金花可以求克林德夫人，試問一個公使夫人，有權答應這件事麼？她丈夫雖然被害，她不過可以要求關於自己的賠償，至於真正國際的事情，萬非她可以主持。

筆者在前文中曾提到，齊文很有真實性，但在「測度」和「我想」上過於主觀。由以上兩段齊文來看，仍然如此。如果我們把賽金花的「賽二爺」這個名兒，在那時，也弄得傳遍九城」，和齊如山所講的劉三的故事兩相對照，不難想像賽金花當時在京的複雜情況。以她的個性、聰明、漂亮、出身、教養、經歷、職業、作風種種來說，難免有些當與不當，但也很難找出一個標準來衡量她的對與不對，只有根據事後的影響所及就事論事。這是筆者就賽金花和齊如山兩人的說法一點折衷的看法。

從《梅楞章京筆記》，我們知道當時德軍有一個「軍法處」（魏紹昌引），從齊文中我們又知道當時德國還有一個「知府衙門」設在北京，裡面還收押了不少倚仗外人欺害中國人的中國人。加上德軍元帥、糧臺總管、克林德公使，機構倒是滿多的，我們也搞不清楚這些機關都是做什麼事的。這且不談，在這裡我們要談的是齊如山說賽金花沒有見過克林德夫人這回事：

齊文裡的「我想」，可能是客氣話，也可能是真的，但是無論如何，他的說法總是不能使人信服，例如他說賽金花：「庚子年在北京，不過一個老鴇子的身份，一個公使夫人，怎能接見這樣的一個人呢？」筆者也試問：難道一個公使夫人就不能接見一個老鴇子嗎？怎麼能替公使夫人決定想法呢？更何況，賽金花在德國也做過欽差大臣夫人，和瓦帥又是朋友。「再說」，你常見克林德夫人，總是沒碰見過賽金花，就能證明賽金花沒見過克林德夫人嗎？這理由未免太牽強，實在不應該拿來當理由。「至於真正國際事情，萬非她（指克林德夫人）可以主持」、「她不過可以要求關於自己的賠償」。這話說得不錯，本來就是這樣，但是只要她「點頭答應」，事情就比較好辦也是事實。下面舉出幾例，證明賽金花的確做過這些事：

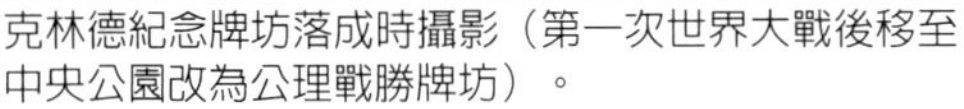

克林德紀念牌坊落成時攝影（第一次世界大戰後移至中央公園改為公理戰勝牌坊）。

賽金花晚年照片。

〈一〉：民國六年歐戰告終，德國戰敗，政府把立在東單牌樓北克林德遇害的地方豎立的紀念碑拆除，搬到中央（中山）公園，改稱「公理戰勝碑坊」，當時曾舉行紀念會，因該碑與賽有關，也邀請賽金花參加。當天蒞會者有錢能訓、段祺瑞等演講，會後有攝影留念，照片裡那個站在前排的女子便是賽金花。

〈二〉：民國二十五年賽金花去世，陳穀在〈賽金花故居憑弔記〉中說：「比起與他同年去世的

賽金花出殯行列。

國學大師章太炎、前國務總理段祺瑞，比較起來，顯然要熱鬧得多，為她編寫的傳記、年表、回憶文章、輓詩、輓聯、悼詞、墓表以及故事、小說、劇本等等，散見報刊上的花色繁多，不計其數。單就北平、上海兩地出版的專集、特刊也有十餘本之多。」為什麼？

〈三〉：楊雲史更在其〈靈飛墓誌碣〉上稱：「……瓦居西苑之儀鑾殿，靈飛出入不禁，宮中彝鼎寶玉，充仞不知記極，瓦數數令靈飛恣攜取，靈飛正色曰：此我皇帝家物，何敢盜，我雖妓，寧能作賊？且願公左右，亦毋有取，損貴國軍譽也。瓦為之動容，嚴法禁護，故駐禁中一載，迄退一無毀失。夫靈飛一妓耳，何足稱，顧頗為人重……非以其任俠急難，宅心作福閭閻，保全故宮寶物，論其風義，士大夫有誰能者哉？嗟呼，庚辛而後，士大夫借夷勢以獵權位，竊金錢，蓋亦夥矣！靈飛憑夷酋勢，不作威福德，使其不為女子而為丈夫身，我知其愛國愛民，而為好官賢吏必矣。」故稱其為「平康女俠」。

〈四〉、蘇曼殊[6]在他的《焚劍記》中也說：「彩雲為洪狀元夫人，至英國，與女王同攝小影，及狀元死，彩雲亦零落人間。庚子之役，與聯軍元帥瓦德

---

[6] 蘇曼殊：原名戩，法號曼殊，清光緒（甲申）十年（一八八四）出生於日本。民國七年（一九一八）卒。父蘇傑生，為旅日僑商，母為日本人。先後曾在日本橫濱大同學校、東京早稻田大學預科及日本陸軍預校就讀，通曉中、日、印、英、法五國語言。是詩人，也是小說家、翻譯家、畫家。譽滿國際，蜚聲海內外，一度曾出現「曼殊熱」（魯迅語）。與國父孫中山關係密切，參加其革命組織。陳獨秀在創辦《國民日報》、章士釗在創辦《民報》、魯迅在日本創辦《新生雜誌》時，均得其贊助。年三十五病逝。柳亞子父子曾為編《蘇曼殊全集》。

北京東單北大街克林德坊，攝於1909年。

被清兵誤殺的德國公使克林德。

西辦外交，琉璃廠之國粹，賴以保存……能保護住這個文物地區，不使它遭受搗毀破壞，也應算她做了一樁好事。」

附錄：

奕劻、李鴻章等所擬之〈克林德碑文〉（據清季外交史料卷一四五）如下：

國家與環球各國立約以來，使臣歷數萬里之遠，來駐吾華，國權所寄，至隆且重。凡我中國臣民，俱宜愛護而恭敬之者也。德國使臣克林德，秉性和平，辦理兩國交涉

奉命議和的李鴻章七十七歲高齡，竟無年輕貌美、名震九城的賽金花有面子。瓦德西大擺勝利者的架子，遲遲不見李鴻章。

諸務，尤為朕心所深信。迺本年五月，義和拳匪闖入京師，兵民交訌，竟至被戕隕命，朕心實負疚焉！業經降旨特派大臣致祭，並命南北洋大臣於該臣靈柩回國時，妥為照料。茲於被害地方，按其品位，樹立碑銘。朕尤有再三致意者，蓋睦鄰之誼，載於古經，修好之規，詳於公法，我中國夙稱禮義之邦，宜敦忠信之本。今者，克林德為國捐軀，令名美譽，雖已傳播，而在朕惋惜之懷，則更歷久彌篤！惟望譯讀是碑者，睹物思人，懲前毖後，咸知遠人來華，意存親睦，相與開誠布公，盡心款洽，庶幾太和之氣，洋溢寰區，既副朝廷柔遠之思，益保亞洲昇平之局，此尤朕所厚望云。

光緒二十七年奕劻（前右）、李鴻章（前左）與各國公使簽訂辛丑條約。

賽金花的〈悠悠曲〉

戚宜君在他的《中國歷代女名人評傳》中說：賽金花在決定要嫁滬寧鐵路總稽查曹端忠時，特別送給同她一起共患難的姘夫孫三爺一把精緻的象牙摺扇，上面畫一株垂柳，並有一首題詩，詩曰：

昔日章臺舞細腰，
任君攀折嫩枝條；
從今寫入丹青裡，
不許東風再動搖。

時間大約是在清光緒二十二年左右，並未說明是何人所寫，但其口氣很明顯，是賽金花寫給孫三爺的。

余力文在其〈美人歌衫名士筆，長使紅妝照汗青〉一文中說：賽金花死後，人們在整理她的遺物時，在她的手匣裡發現一首〈悠悠曲〉，全曲懺悔人生，勘破紅塵，很有〈好了歌〉、〈葬花詞〉的禪味。曲曰：

天悠悠，
地悠悠，
風花雪月不知愁，
斜睇近來天下客，
豔妝孃娜度春秋。
度春秋，
空悠悠，
長夜盡成西廂夢，
扶流深處唱風流。
唱風流，

萬事憂，

一朝春盡紅顏老，

門庭冷落嘆白頭。

嘆白頭，

淚水稠，

家產萬貫今何在，

食不果腹衣襤褸，

滿身垢，

一副骸骨誰來收？

自古紅顏多薄命，

時運不濟勝二尤。

勝二尤，

深海讎，

紈絝王公皆豬狗，
賞花折柳情不留。
天悠悠，
地悠悠，
貞操碑坊萬世流。

並說，此曲是賽金花的手筆，還是妝臺弄臣的贋品，又需存疑。依筆者蒐集賽金花的資料來說，從未見有人說賽金花會畫、會詩詞，以此推斷，代為操刀的成分居多，但又有誰能詩詞，對賽金花的感受又瞭解得如此之深呢？據說她有一位名叫秋紅的閨中好友，擅此道。秋紅有一首〈憶秦娥〉，是思念好友戶部尚書立山的，立山原是賽金花的好友，介紹給了秋紅，由此可見他（她）們之間的交情。〈憶秦娥〉一詞見陳則東〈賽金花與秋紅〉一文，拿來與〈悠悠曲〉對照看，有頗多相似處，故而筆者有此猜測，試看這首〈憶秦娥〉：

亂離別，
遙念往事心摧折。
心摧折，
夢中情愫，
哀腸淚血，
虎狼強使魚水絕，
兩地相思苦殘月。
苦殘月，
昨夜歡笑，
今宵悲切。

書至此，筆者一時心血來潮，將〈悠悠曲〉配譜於後：

悠悠曲

原稿　賽金花

改編配譜　舒蘭

C調　4/4

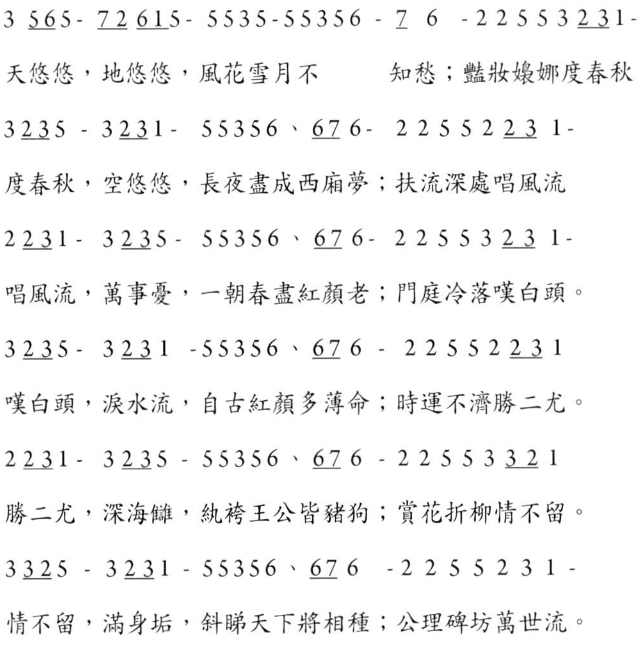

3 565- 72 615- 5535-55356 - 7 6 -22553231-

天悠悠，地悠悠，風花雪月不　知愁；豔妝孃娜度春秋

3235 - 3231- 55356、676- 22552231-

度春秋，空悠悠，長夜盡成西廂夢；扶流深處唱風流

2231- 3235- 55356、676- 22553231-

唱風流，萬事憂，一朝春盡紅顏老；門庭冷落嘆白頭。

3235- 3231 -55356、676 - 22552231

嘆白頭，淚水流，自古紅顏多薄命；時運不濟勝二尤。

2231- 3235 - 55356、676 -22553321

勝二尤，深海讎，紈袴王公皆豬狗；賞花折柳情不留。

3325 - 3231 - 55356、676 -2255231-

情不留，滿身垢，斜睇天下將相種；公理碑坊萬世流。

賽金花年表

本年表係根據原〈賽金花年表〉修訂增補而成。

清同治十一年（一八七二）

十月九日出生於蘇州城周家巷。乳名彩雲。

清光緒十二年（一八八六）

年十五。至蘇州花船作清倌，時名傅彩雲，有女中花魁之稱。識狀元洪鈞。

清光緒十三年（一八八七）

年十六。正月十四嫁洪，改名夢鸞。任預為畫「採梅圖」，洪鈞題識。是年底，隨洪出使俄、德、奧、荷四國，為欽差大臣夫人。

清光緒十四年（一八八八）

年十七。祖母病故。

清光緒十六年（一八九〇）

年十九。在德國生女，取名德官。洪任期滿，隨洪返國。洪留北京任兵部左侍郎，與洪同住任所。

清光緒十九年（一八九三）

年二十二。八月二十三洪鈞病逝。十月伴靈回蘇州，遂脫離洪府。

清光緒二十年（一八九四）

年二十三。於上海二馬路彥豐里開書寓，名「曹寓」，易名夢蘭，與孫三同居。結識盛宣懷、李鴻章等。抽絲主人（吳趼人）著《海上名妓四大金剛奇書》。

清光緒二十四年（一八九八）

年二十七。北上天津，於江岔胡同開「金花班」，更名賽金花。結識楊立山、德馨等。

清光緒二十五年（一八九九）

年二十八。至北京，於李鐵拐斜街鴻陞店前門內高碑胡同等處營業，被禁。重回天津。

清光緒二十六年（一九〇〇）

年二十九。五月義和團亂。七月天津陷，抵北京。洋兵入城，得見八國聯軍統帥德國將領瓦德西，為北京市民請命。為德軍辦糧臺大事。

清光緒二十七年（一九〇一）

年三十。為立「克林德牌坊」訪勸克林德夫人。

清光緒二十九年（一九〇三）

年三十二。於北京陝西巷，因班妓鳳鈴吞鴉片死，被捕入刑部獄，旋解原籍蘇州。金一以筆名麒麟於日本《江蘇》雜誌發表〈孽海花〉小說頭兩回。吉同鈞作〈獄中視妓賽金花感賦〉，前有序，收入《樂善堂詩存》。

清光緒三十年（一九〇四）

年三十三。八月回蘇州葬弟。曾樸以東亞病夫筆名完成《孽海花》二十回初稿。

清光緒三十一年（一九〇五）

年三十四。四月返回北京。曾樸出版《孽海花》。

清光緒三十二年（一九〇六）

年三十五。於上海重張豔旗，門懸「京都賽寓」，旁附洋文。

清光緒三十三年（一九〇七）

年三十六。與孫三分手。嫁滬寧鐵路總稽查曹端忠。

清光緒三十四年（一九〇八）

年三十七。女兒德官卒。

民國二年（一九一三）

年四十二。曹端忠卒。結識魏斯靈。

民國六年（一九一七）

年四十六。隨魏斯靈進京，住前門外櫻桃斜街。上海小說叢報出版《諫書稀筆記》，一名《歸里清譚》，署名諫書稀庵主人著，即陳恆慶，誤印為陳慶湗。

民國七年（一九一八）

年四十七。六月二十南下上海，於新旅社與魏斯靈（時任參議員）正式結婚，婚後重返北京。

民國八年（一九一九）

年四十八。歐戰結束，移「克林德牌坊」於中央公園（即中山公園），改名「公理戰勝牌坊」，賽被邀請參加遷移改名紀念典禮。

民國十年（一九二一）

年五十。元月母逝，享年七十八。夏閏五月魏斯靈去世，攜女僕顧媽等賃居天橋西居仁里，景況窘困。

民國十三年（一九二四）

年五十三。張春帆《九尾龜》出齊。（已出十二集，又出十二集）

民國十七年（一九二八）

年五十七。《孽海花》三十回修訂本出版。

民國十九年（一九三〇）

年五十九。接受德記者訪問。

民國二十一年

年六十一。接受劉半農訪談。張大千為畫《彩雲圖》。瓦德西外孫來華就讀燕大，曾與賽餐敘。

民國二十三年（一九三四）

年六十三。接受《申報》訪問。劉半農、商鴻逵著《賽金花本事》出版。

民國二十五年（一九三六）

年六十五。於十月十二日病故。北京各界為舉辦隆重喪禮，葬於陶然亭。夏衍作《賽金花》七幕話劇，十一月於上海公演，並舉行座談會，轟動一時。熊佛西亦作《賽金花》四幕話劇。畫家李苦禪、王青芳等為她舉畫展募款。

民國二十六年（一九三七）

賽去世後一年。夏衍《賽金花》擬在南京公演，熊佛西《賽金花》擬在北京公演，均被禁。燕谷老人、陸士諤等出版《續孽海花》。

民國四十五年（一九五六）

賽去世後二十年。美國哈佛大學博士張歆海以英文著：*The Fabulous Concubine*（擬譯為《妾的傳奇》）

民國四十六年（一九五七）

賽去世後二十一年。臺灣世界書局再版《孽海花》上下兩本。

民國四十八年（一九五九）

賽去世後二十三年。上海中華書局再版《孽海花》。

民國四十九年（一九六〇）

賽去世後二十四年。美國耶魯大學碩士黎錦揚以英文著：*Madame Golden Flower*（擬譯為《金花夫人》）

民國五十七年（一九六八）

賽去世後三十二年。臺灣正文出版社出版《半農文選》，其中有〈賽金花本事〉。

民國五十九年（一九七〇）

賽去世後三十四年。臺灣藝文誌文化事業公司大中華出版社出版《劉半農訪賽記》，向誠、陳應龍主編。

民國六十三年（一九七四）

賽去世後三十八年。王素心著：《歷代妓女成名豔史》。葉秋桐於《春秋雜誌》發表〈賽金花逸事〉。

民國六十五年（一九七六）

賽去世後四十年。臺灣文源書局再版《孽海花》。

民國六十七年（一九七八）

賽去世後四十二年。陳定山著《春申舊聞》中有〈曹夢蘭與賽金花〉一文。

民國六十九年（一九八〇）

賽去世後四十四年。魏紹昌於日本《清末小說研究》四號發表〈關於賽瓦公案〉。

民國七十四年（一九八五）

賽去世後四十九年。金東方著《賽金花》傳記小說。張文豔著《賽金花》小說。

臺灣中華書局出版《辭海續編》增加賽金花辭條。

民國七十六年（一九八七）

賽去世後五十一年。趙淑俠於六月三十日開始在臺灣中華日報副刊連載〈紅塵盡處〉小說，新加坡聯合晚報、美國世界日報、香港星島日報等跟進，大陸雜誌社亦願加入連載行列。香港電影導演李翰祥買下版權，請柯興改編成電視連續劇本，拍成《賽金花》連續劇。

民國七十七年（一九八八）

賽去世後五十二年。趙淑俠發表〈名妓與洋大帥的一段情——為賽金花「翻案」〉。夏志清於《傳記文學》介紹魏紹昌〈關於賽瓦公案的真相〉。趙淑俠於《傳記文學》發表〈關於賽金花再說幾句話〉。

民國七十八年（一九八九）

賽去世後五十三年。大陸出版《辭海》增加賽金花辭條，內容與臺灣《辭海續編》完全相同。

民國八十二年（一九九三）

賽去世後五十七年。魏紹昌著《晚清四大小說家》。余力文於中央日報「長河」版發表〈美人歌衫名士筆，常使紅妝照汗青〉。

民國八十四年（一九九五）

賽去世後五十九年。蕭乾主編《晚清政聞》，由臺灣商務印書館出版，其中有安徽程孟余〈賽金花解夥前後〉一文。文中生、張鳳雲編《近代名人學者生活錄》出版，其中有〈賽金花本事〉、〈賽金花本事補述〉、〈賽金花嫁洪文卿事〉、〈賽金花生活補記〉、〈花影記〉。

民國八十七年（一九九八）

賽去世後六十一年。王曉玉著《賽金花・凡塵》小說。野嶺伊人著《一代名妓賽金花》小說。葉祖孚著《燕京舊事》，其中有〈為賽金花寫書的商鴻逵〉等資料。

民國八十八年（一九九九）

賽去世後六十三年。戚宜君著《中國歷代名女人評傳》出版，其中有〈賽金花多采多姿的一生〉。

民國八十九年（二〇〇〇）

賽去世後六十四年。王丹於《北美世界日報》「上下古今」版，發表〈八國聯軍時一樁歷史懸案——謎樣女子賽金花〉。

下卷

衆名家筆下的賽金花

最早把賽金花畫進畫裡的畫家

趙淑俠在《賽金花隱沒於紅塵盡處》代序中說：「我在大陸上的叔叔，寄來了舊日北京街市胡同區域位置的小冊子、商鴻逵所著的原版《賽金花本事》，和賽金花在一八八七年，身著古嬋娟裝，任立凡手繪、洪狀元題字的《採梅圖》的照片。」

一八八七年，是清光緒十三年（丁亥），賽金花是年十六歲，正月十四嫁洪鈞，是年底隨洪出使俄、德、奧、荷四國。

畫家任立凡，本名任預，為畫家任熊之子，浙江蕭山人，出生於一八五三年，卒於一九〇一年。作這幅畫時三十五歲，他就是最早把賽金花畫進畫裡的畫家。

根據畫史記載：

任預少懶嬉，不肯學畫，熊以為恨。及熊歿，遺稿盡為倪田所得，預轉自別家借臨，然亦不肯竟學，其畫純以天分秀出塵表，正如王謝子弟，雖復拖沓奕奕，自有一種風趣。筆墨初無師承，盡變任氏宗派。其山水中加人物、樹石、位置、衣貌，配合尤能出新。花卉能為宋人鉤勒，根葉奇崛。畫女子則秀媚天然，不事絢染，惟素面淡妝而已。胥口張氏嘗邀至其家，為畫長卷，經年始竣。然懶病不改，非極貧至窘不畫，亦不肯通幅完好，非詣有所弗至，惟使然耳。得者轉稱為奇構。得趙之謙指授，亦善刻印。辛年四十九。一生亦為不少小說畫插圖。

賽金花晚年，曾對向她採訪的記者說：「過去在上海有位張先生（按，即張競生）從上海給我寄了十六元錢來，還有位徐先生（按，即徐悲鴻）給我畫了幾張畫，這些人我永遠忘不了哪！」

一九四八年徐悲鴻（右）與齊白石（左）。

又按向誠、陳應龍主編《劉半農訪賽記（增訂本）》上編〈賽金花死之俄頃〉一文中說：「又北平名畫家李苦禪、王青芳等，近以賽環境惡劣，曾發起畫展會，向徐悲鴻等徵集作品共得六十幅，自四日起，在中山公園舉行，將售畫所得，悉數捐助賽氏，不料賽竟於開幕之日，即與世長辭矣。」

又據該書下編〈故都名士紀念賽金花〉一文中說：「平市助葬籌備處之各界人士，昨日在三聖庵，招開臨時談話會，決議……又議決陶然亭香塚旁立一亭，中置賽之生平得意放大相片一張，以資永久紀念。又助葬籌備處，現計畫瘞棺地址仿西湖蘇小小六角亭，為建紀念碑，當時議決下坑於南開窪子香塚旁，亭中設一石碑，上鐫祭文，文由金松岑撰，由楊雲史書，由齊白石篆刻。」

由於以上資料，可知以下數圖來歷：

（一）賽金花畫像：是徐悲鴻的作品。

（二）賽金花的木刻像：是木刻家王清芳的作品。圖上有「次溪仁兄囑刻靈飛像」等字樣，次溪即齊如山〈關於賽金花〉一文中所說的張次溪，文中說：

「他（指楊雲史）致張次溪函，我沒有見過，此事實發動於次溪，雲史雖係詩人，不拘小節，但關於賽事，他必不肯扭直作曲，次溪最好標榜，所以他的文字中，十之八七，有康南海三字，他住在西磚兒胡同（記不清了，但近於南下窪），左右葬了這麼一位大名鼎鼎的人物，他當然要借他出出風頭，所以才找雲

張大千。

史，然因日治時代，次溪在蘇北的郝鵬手下，擔任了很重要的財政職員，日本投降之後，我還見過他幾次，但因有通緝的命令，從來也就不敢出頭露面，所以這個碑恐怕也未能成立。」（張慧劍，筆名瑜壽，及張次溪。）

（三）張大千於民國二十二年（一九三三）所繪之《彩雲圖》：圖右上方有「右岑老長兄囑……」、左下方有「樊山老人××彩雲圖……」等字樣。岑者，即最早作《孽海花》前幾回的金松岑，金一。該圖係民國二十六年（一九三七）鐫刻入石拓片，此碑原鑲嵌於

北平（京）陶然亭敞軒北牆（鐫者疑為齊白石）。

徐悲鴻，江蘇人，一八九五年生，一九五三年卒。

張大千，四川人，一八九九年生，一九八三年卒。

齊白石，湖南人，一八六三年生，一九五七年卒。

以上三位全都是我國近現代最負盛名的大師級畫家。

最早把賽金花寫成神話的作家

清光緒二十四年（戊戌，帝銳意變法，太后復聽政，幽帝於瀛臺，廢新法殺黨人、各國租地，一八九八）時上海書局出版一部《海上名妓四大金剛奇書》，抽絲主人著。在出書廣告上有這樣的話：「年來海上遊客多指林黛玉、陸蘭芳、金小寶、張書玉四妓為四大金剛，後又以金小寶不勝金剛之任，而以傅鈺蓮（賽金花）補之……」

該書以元始天尊二郎神楊戩捉拿四大金剛歸案為止。第一百回以戲曲體寫出，被擒住的四大金剛分別現出原形：林黛玉是狐狸，陸蘭芬是猢猻，傅鈺蓮是狗，張書玉是豬。民國二十六年（一九三七）曾迭（周壬林）在上海《辛報》發表〈賽金花的神話〉，即是從家藏「奇書」中摘要改寫而成。

抽絲主人（一八六六－一九一〇），據學者魏紹昌考

南海吳趼人。

證，即吳趼人，名沃堯，又名寶震，初字小允，改字繭人，復改趼人，別署我佛山人、繭叟，廣東南海人，出生於北京。歷代為官。趼人曾任江南都造局書記、《字林滬報》副刊、《消閑報》編輯，後主《采風報》、《奇聞報》、《寓言報》筆政。

光緒二十八年（一八八四），梁啟超在日本橫濱創刊《新小說》雜誌，提倡「小說界革命」，吳氏立即響應，以〈二十年目睹之怪現狀〉長篇投寄，發表後一鳴驚人，與稍早李伯元之《官場現形記》齊名，並為晚清「譴責小記」開山之作。此後三年，又在該刊發表〈痛史〉、〈電術奇談〉、〈九命奇冤〉等作品，從而聲名大噪，成為晚清著名小說家之一。

最早寫《孽海花》的小說家

清光緒二十九年（一九〇三）十月，麒麟[1]在日本東京江蘇留學生創辦的《江蘇》雜誌第八期，發表《孽海花》頭

[1] 麒麟：原名金懋基，改名天羽、天翮，字松岑，自署天放樓主，號鶴望生、金城、麒麟。清同治（甲戌）十三年生，祖籍安徽歙縣，遷江蘇吳江，再遷蘇州。十八歲補縣學弟子員，高等府試獲雋，善化瞿侍郎鴻機按試江南，得其所作〈長江賦〉、「西北輿圖地圖表」，遽大稱賞，檄調南菁書院肄業，選充學長。光緒（戊戌）二十四年（一八九八）薦試經濟特科，故辭不赴。抵上海，與「愛國學社」諸子鄒容、章太炎、蔡元培等，肆言革命，主張推翻滿清。清廷憾之，諸子或捕或亡命，金氏潛歸故里，收召後生，懇懇講學。民國初年，應選為江蘇省議員，而講學如故。民國十二年，職掌吳江教育局。民國十六年，任江南水利局長。後為光華大學文學院教授。民國二十一年，與諸友於東吳大學成立「國學會」，弟子眾多，有柳亞子、范煙橋等。著有：《孤根集》、《天放樓詩文集》、《鶴舫中年政論》、《皖志列傳》等。早年曾一度以譯著鼓吹革命。清光緒三十年（一九〇四）用「愛自由人」筆名，撰譯俄國虛無黨史「自由血」等。

金松岑像。

兩回：「第一回：惡風潮陸沉奴隸國。第二回：世界強權俄人割地。」約四千字，標為「政治小說」。

至於他寫《孽海花》，為什麼發表了兩回就不繼續發表了，又為什麼由曾樸接手來寫？這在曾樸〈孽海花——修改後要說的幾句話〉裡說得很清楚，事情是這樣的：「……這書造意的動機，並不是我，是『愛自由者』。『愛自由』者，在本書的楔子裡就出現了，但一般讀者往往認為虛構的，

第八期　115

孽海花　　　　麒麟

小說

第一回　惡風潮陸沉奴隸國　[illegible]作轉劫離恨天

江山吟罷精靈泣，中原自由魂斷。金殿才人平康佳麗，間氣鍾情[illegible]。[illegible]軒。西風

遺[illegible]根暗通瑪想孽河[illegible]流前生[illegible]此生判。[illegible]九[illegible]天。

[illegible]虎神[illegible]依殿閣[illegible]外交[illegible]大千公案又天眼[illegible]人心。

思[illegible]自由花神付東風拘管。

卻說自由神是那一位列聖？他對何[illegible]？鑄像何地？說也話長。如今先說出一個極野蠻奴隸的不自由國。在地球五大洋之外，哥侖波未闢麥折倫不到的地方，是一個大大的海，叫做孽海。那海裡頭有一個島，叫做 nolow。島從起中國文來是奴

小說　孽海花　一

・《孽海花》書影(一)・

《孽海花》書影。

其實不是虛構，是事實。現在『東亞病夫』已宣佈了他的真姓名，『愛自由』者，何妨在讀者前，顯他的真相呢？他非別人，就是吾友『金君松岑』，名『天翮』他發起這書，曾作過四、五回。我那時正創辦『小說林書社』，提倡譯著小說，他把稿子寄給我看。我看了認為是一個好題材。但是『金君』的原稿過於注重主人公，不過描寫一個奇突的妓女，略映帶些相關的時事，充其量，能做成了『李香君』的『桃花扇』、『陳圓圓』的『滄

《孽海花》作者曾樸年輕時上馬英姿。

桑豔』已算頂好的成績了，而且照此寫來，祇怕筆法上仍跳不出《海上花列傳》的蹊徑，在我的意思卻不然，想借用主人公作全書的線索，盡量容納近三十年來的歷史，避去正面，專把些有趣的瑣聞逸事，來烘托出大事的背景，格局比較的擴大。當時就把我的意見，告訴了『金君』。誰知『金君』竟順水推舟，把繼續這書的責任，全卸到我身上來。我也就老實不客氣的把『金君』四、五回的原稿，一面點竄塗改；一面進行不息，三個月工夫一氣呵成了二十回，這二

曾樸（1872－1935）墓。

十回裡前四回，雜糅著『金君』的原稿不少，即如第一回的引首詞和一篇駢文，都是照著原稿，一字未改，其餘部分，也是處處都有，連我自己也弄不清楚誰是誰的。就是現在已修改本裡，也還存著一半『金君』原稿的成分。從第六回起，纔完全是我的作品哩。」

清光緒三十一年（一九〇五）正月，上海「小說林社」出版曾樸[2]著

[2] 曾樸：初字太樸，後改孟樸，又字小木，籀齋，筆名東亞病夫。生於清同治（辛未）十年（一八七一），卒於民國二十五

《孽海花》，初編及二編均為二十回本，改標「歷史小說」。光緒三十三年（一九〇七）一至六月，《小說林》發表第二十一至二十五回。民國五年（一九一六），二十一至二十四回。附考證二篇及人名索引表合出一版。民國十七年（一九二八）出版初集及二集修改本。三集第二十一至三十四回於《真美善》雜誌發表後，於民國十九年（一九三〇）發表至三十五回尚未完。

至於該書內容，筆者在這裡借用蔡元培在〈追悼曾樸先生〉一文中說：「所描寫的傅彩雲，除了美貌與色情狂外，一點沒有別的。」但是，曾樸卻以這部《孽海花》被列為「晚清四大小說家」之一，以李伯元《官場現形記》為首，依次是吳趼人的《二十年目睹之怪現狀》、劉鶚的《老殘遊記》。

年（一九三六），江蘇常熟人。清光緒十七年（一八九一）舉人，由父曾之撰為捐內閣中書。入民國歷官江蘇，並習法文，翻譯法國文學作品。

民國十八年五十八歲

民國十八年曾孟樸、曾虛白父子合影，曾孟樸題識。

《孽海花》一九〇五年初版的封面。

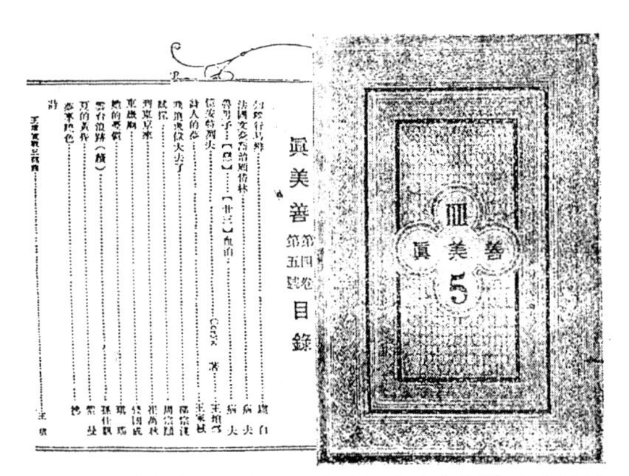

曾孟樸、曾虛白父子於民國十六年在上海經營「真美善書店」，並創辦《真美善》雜誌，圖為《真美善》雜誌第四卷第五號封面及部分目錄原蹟。

最早為賽金花作敘事長詩的詩人

清光緒二十四年（一八九八），賽金花北上天津，在江岔胡同開「金花班」，改名賽金花。認識楊立山、德馨等。

清光緒二十五年（一八九九），至北京，在李鐵拐斜街鴻陞店及前門內高碑胡同營業，被禁，回天津。

清光緒二十六年（庚子，一九〇〇），義和團亂，八國聯軍破津京，賽復進京，得見八國聯軍統帥德國將軍瓦德西，為北平市民請命。為「克林德案」說項。

清光緒二十七年（辛丑、一九〇一）和議成。約在此時，樊樊山[3]為賽金花作〈彩雲曲〉，前後共二百一十七句，前部敘述賽嫁洪之事，後部述賽瓦之間香豔傳聞，爭傳一時。

---

[3] 樊樊山（一八四一—一九三一）本名樊增祥，字嘉父，號雲門，又號樊山，別署天琴老人、身雲居士。湖北恩施人。七歲能屬對，熟讀唐詩，放言吟詠，動輒數百言。年十五，攻舉子業，不廢詩詞，自咸豐七

一九二四年秋，徐枕亞與劉沅穎在北京舉行婚禮，與來賓和攝於西單報子街同和堂。居新婚夫婦中者是樊增祥。

辛亥年後，以清朝遺老自居。袁世凱當國，曾為參政。樊受張之洞、李慈銘影響甚大，亦深得二人推許，張以洞庭湖南北只有二詩人，一為樊，一為王闓運。李稱當世學人能者，只樊與他自己。然樊詩詞雖多達千百首，除作於中日甲午之戰及庚子事變時一些作品尚屬憂國憂民外，其餘大多格調不高。著有《雲門初集》等十餘種詩集，詞集三、四種。

再者，光緒二十九年（一九〇三），另有吉同鈞作〈獄中視妓賽金花感賦〉五古一首[4]，收入《樂素堂詩存》，計三十四句，前有小序，頗能客觀道出賽金

年至同治八年，作詩學袁枚、趙翼，亦作香奩體，多達千數百首。同治六年中舉，一度為人司書記。之後，張之洞薦其為潛江書院院長。其後與張交往日密，受張影響轉向經世致用之學，悉焚舊作。光緒三年，中進士，次年赴武昌為人作幕。十年出任陝西宜川縣令，歷任咸寧、富平、長安等縣縣令，十九年為渭南縣令，二十六年簡授院北道道員，累官陝西布政使、江寧布政使、護理兩江總督。

[4] 吉同鈞：陝西韓城人。清光緒十六年進士，官刑部主事。該賦作於光緒二十九年（一九〇三）夏。

花當時所處環境、社會對她一些批評，以及對賽之才能、容貌和應對的描寫，都能一針見血，入木三分。茲將該小序節錄於後（詩與序內容大致相同）：

……庚子之變，聯軍入都，德酋瓦某，僭居要苑，金花以能操德語，前往迎迓，瓦見而狎焉。瓦好殺，居民苦之，金花為緩頰，多獲宥者，由是名傾一時，知與不知皆仰慕之，洋人至懸其像以相誇異。其動人欣羨類如此。今夏以斃小嬛逮入獄，人皆指為淫報，而憐香惜玉者流，又復群相憐惜，替花請命。嗟嗟人各有志，憎花者固為方領矩步之儔，而憐花者亦不盡倚翠畏紅之輩，其用情皆未可厚非也。余久耳其名，覩其像未目睹其容，今聞定讞，擬遞籍，行有日矣。竊謂薛濤蘇小，好事者想像其美，至於累牘連篇，相與歌詠於數百年後，今絕世名媛，近在咫尺，而不一睹芳容詎非憾事？適代署提牢，入獄察諸囚，次及花，果然麗出肌表，雖秋娘已老，猶嬌嬈如處子，洵天生尤物哉！見余遙屈一膝似有乞憐意。夫猛虎

清兩江總督張之洞和美國人合影，攝於一八九五年。

在深山，百獸震怒，一入陷阱之中，搖尾而求食。賽金花當意時，非達官貴人不得一接芳澤，及幽身圜扉，雖以余之卑老，猶若貼耳俯首，望其救援，豈不重可惜哉！

在此時期，並有張春帆[5]著《九尾

[5] 張春帆：名炎，字春帆，別署漱六山房，生於清同治（壬申）十一年（一八七二），卒於民國二十四年（一九三五）。江蘇常州人，寓居蘇州，後遷上海。經常出入酒樓妓院，將其所見所聞，寫成《狎邪小說——九尾龜》。甫一問世，驟享大名。上海書報主持人錢芥塵，以

《九尾龜》插圖之一。

龜》、包天笑[6]著《釧影樓筆記》、夢蕙草堂

有利可圖，請其續寫，一續再續，直到十二集一九二回，近百萬言，本擬拍成電影，因故未果。張氏曾主持上海《平報》筆政，著有長篇小說十餘種。

[6] 包天笑：本名包清柱，改名公毅，字朗孫，別署拈花、天笑、劍影樓主，筆名甚多。生於清光緒（丙子）二年（一八七六），卒於民國六十二年（一九七三）。江蘇蘇州人。初與蟠溪子（楊紫麟）合譯《加因小傳》，署名吳明天笑生，後簡化為天笑生、天笑、笑。曾為吳趼人主編《日月小說》、曾樸主編《小說林》撰稿。他自己也主編過《小說時報》、《小說大觀》、《小說畫報》和時報副刊「餘興」、立報副刊「花果山」等。能編、能寫、能譯，下筆如飛，是為多產作家。所著《一縷麻》由梅蘭芳主演。改編成時裝京劇拍成電影《掛名夫妻》由阮玲玉主演。改編成越劇由袁雪芬主演。依據義大利亞米契斯小說《愛的教育》編譯

主人著《梅楞章筆記》、陳恆慶[7]著《歸里清譚》、詹愷著《花史》等，雖不以賽金花為主，然而書中都有賽金花的影子。

另外有幾個單篇也很重要，例如冒鶴亭[8]的〈孽海花閒話〉、〈孽海花人名索

的《馨兒就學記》和另外一部《苦兒流浪記》，均都拍成電影名為《小朋友》，獲得教育部獎勵。所譯英國女作家亨利荷特的《空谷幽蘭》、《梅花落》，也由文明戲演紅拍成電影。另著有《留芳記》，是仿照《孽海花》寫梅蘭芳的故事。《上海春秋》是寫上海十里洋場的種種醜惡。在《釧影樓筆記》裡，他認為賽氏之間的事是空穴來風沒影的事。民國三十八年初他到過臺灣，次年轉往香港。民國六十二年去世。享年九十八歲。在七十至九十歲時，他完成《釧影樓回憶錄》。

7 陳恆慶：山東濰縣人，為清末禦史。別名諫書稀庵主人。民國六年（一九一七）上海小說叢報社印行他著的《歸里清譚》，封面標「諫書稀庵筆記」。書中對於賽金花的描寫，其豔冶使見之者手軟筆落。多記述賽金花因案入獄及在獄中趣聞。

8 冒鶴亭：蒙族。名廣生，字鶴亭，號疚齋，生於清同治（癸酉）十二年（一八七三），卒於民國四十八年（一九五九）。江蘇如皋人。為清初名人冒襄（闢疆）後裔。六歲喪父，年十二從外伯祖周星譽（畇叔）受詞章，十年後，從外祖周星詒（李貽）受校讎、目錄。光緒二十年（一八九四）中舉人，從俞樾、孫詒讓遊，結為忘年交。又從吳汝綸受古文，與林紓、易順

包天笑（1876-1973）。

隱表〉等。

鼎、吳昌碩等為至友。戊戌運動中列名公車上書，加入「保國會」，一意變法維新。清光緒、宣統兩朝任刑部、農工商部掌印郎中。辛亥革命後，曾任甌海（溫州）、鎮江、淮安等地海關監督及南京考試院考選委員、高等典試委員、國史館纂修。三〇年代後，在廣州中山大學任教、在廣東通志館任總纂。抗戰時期，出任上海太炎文學院等校教授。著有：《四聲鈎沉》、《後山詩注補箋》、《小三吾亭文甲集》、《小三吾亭詩集、詞集》、《小三吾亭筆記》、《小三吾亭詞話》、《疚齋雜劇》、《疚齋散曲》、《冒巢民先生年譜》等。未刊手稿亦有多種。

最早為賽金花作傳的教授和博士生

清光緒三十三年（一九〇七），賽金花改嫁滬寧鐵路總稽查曹瑞忠。次年女兒德官卒。

民國二年（一九一三），曹瑞忠卒。在上海認識參議員魏斯靈。

民國七年（一九一八），再嫁魏斯靈。

民國八年（一九一九），「克林德碑坊」移至中央公園（即中山公園），改名「公理戰勝牌坊」，賽被邀參加紀念會。

民國十年（一九二一），賽母卒。魏斯靈卒。賽賃居於北平（京）天橋西居仁里，景況窘困。

民國二十二年（一九三三）冬，一天，北京大學教授劉

半農[9]對他指導的北大博士生商鴻逵說：「聽說有人（駐法御任大使謝壽康）要

9 劉半農，本名劉壽彭，一名復，字半農（儂），曾用筆名寒星，化名范奴冬女士等。清光緒十七年（一八九一）生，江蘇江陰人。民國元年（一九一二）任上海開明社編輯。民國二年（一九一三）任中華書局編輯。民國六年（一九一七）被聘為北大法科預科教授。民國九年（一九二〇）留學英國，後轉法國。民國十四年（一九二五）獲法國國家文學博士學位。回國後歷任北大國文系教授、研究所國學門導師、中法大學中文系主任、北平女子文理學院院長、北京世界日報副刊主編等職。民國二十三年（一九三四）七月十四日下午二時病逝於北平協和醫院。得年四十四歲。劉氏二十歲時，曾在上海灘翻譯外國文學名著。並且寫些「禮拜六體」——「鴛鴦蝴蝶派」小說。出任北大教職後，即與陳獨秀、胡適、沈尹默等倡導「文學革命」，「提倡白話文運動」，寫些白話論文和新詩等。先後出版過新詩《揚鞭集》、《瓦釜集》。同時在北大「歌謠研究會」所編印的《歌謠週刊》上發起徵集民歌，作為新詩的營養。在講授中國文法時，編有《中國文法通論》、《中國文法講話》等。民國九年（一九二〇）赴法深造時，著有《國語問題中一個大爭點》、《守溫三十六字母排列法之研究》、《實驗ㄗㄘㄓㄔ四母之結果》、《四聲實驗錄》、《漢語字聲實驗錄》、《國語運動史錄》等。民國十四年（一九二五），他從法國帶回許多語言學最新儀器，在北大教授語音學，四年後在北大成立「語言樂律實驗室」，並著有《聲調之推斷及聲調推斷尺之製造與用法》、《調查中國方音用標音符號表》、《北平方音析數表》等專書，並計劃著《四聲新語》、《方言字典》、《中國給她寫法文的傳，我們先給她寫個國文的吧！你有沒有興趣？這個人在晚清史上同葉赫那拉（西太后）可謂一朝一野相對立了！」

前面這段話，是引錄商鴻逵作於民國二十三年十月〈賽金花本事序言〉，在該序言中他接著說：「後來又去同鄭穎孫先生商量一下，主意決定，就著手籌辦起來。……例如：她在歐洲時的生活，是那樣平靜，哪裡像小說中一味的胡謅

方言地圖》，且將社會流行之俗曲及失傳之音樂錄成一個大「錄音庫」；為完成上述工作，他參加了國際地理學會紀念瑞典考古學家斯文赫定博士七十壽辰而編印的一部世界性的學術論文集，帶著他的語音儀器，沿著平綏鐵路出發，經由綏遠到達包頭百靈廟，一路記錄語音聲調，不幸得了回歸熱，回到北平不治去世。此外，他還編有《中國大字典》、《一字長編》、《打雅》、《中小字典》、《中國俗曲總目錄》、《初期白話詩稿》。另著有《比較語音學概要》、《敦煌綴瑣》、《半農雜文》、《半農談影》。譯有《法國短篇小說集》、《茶花女》、《貓的天堂》、《國外民歌》等。他曾與趙元任、林語堂、錢玄同、黎錦熙、汪怡等，於民國十四年九月二十六日承隋代陸法言、魏淵、顏之推等音韻學家之「我輩數人，定則定矣」之說，組織「數人會」。他的一首〈叫我如何不想她〉由趙元任譜曲，流行至今，為歌者所愛唱。他的胞弟劉天華，是我國二胡樂器改良者、作曲家、演奏家。

亂謗，說賽怎樣熱戀瓦德西。據：『李瓦問答』，瓦到北京，年已六十八歲。那麼，她在歐洲時，瓦已半百之翁矣！一個十六七歲的少婦，會迷戀上一個五十開外的異族老頭兒，豈不笑話！伊之能結識瓦，料來，因為那時已是妓女身分，且嫻德語故也。不問庚子時，即在今日，欲覓一美姿容、精德語之中國妓女，亦必戛戛乎難矣！又立克林德牌坊時，她曾諄勸克林德夫人，這算是她一生最緊要而不可埋沒的一件大事，已往史家或不知，或隱諱不肯說，實不應該。蓋我國自鴉片戰爭以來，這九十四年中，因國勢孱弱，每戰必敗，辦外交的，辦得好，落個『委曲求全』，辦不好便『丟人撤臉』。庚子外交，尤其糟糕，應付大感棘手矣，而能有這麼一個妓女出來幫幫，雖然不必怎樣頌揚她，但總還值得一道吧！」

商鴻逵之言，起碼代表了他自己以及劉半農、鄭穎孫等人對於賽金花以及『賽瓦公案』的看法。

至於劉、商二人撰寫這本書的經過，在一九九八年葉祖孚著的《燕京舊事》，有寫於一九八四年的一篇〈為賽金花寫書的商鴻逵〉，是商鴻逵晚年親自對他說的：

為寫書，劉半農約賽金花在王府大街古琴演奏家鄭穎孫家中會面，參加會談的有戲劇家余上沅等人，商鴻逵任記錄。每次會談，都由劉半農雇汽車接送。賽金花來臨時，顧媽攙扶。賽雖年近六十，但薄施脂粉，尚綽約有姿。談話時，賽金花說蘇州話，劉半農是江陰人，為表示親近，亦操吳語。談到吃晚飯時刻，就共進餐。鄭家離東安市場近，就在東安市場大鴻樓叫了幾個菜。賽金花有『阿芙蓉癖』，晚飯後該吸鴉片煙提精神了，她就到後室休息，煙榻橫陳，吞雲吐霧後再談下去。晚上又談片刻後，就雇車送賽金花回家。如是者三次。

……

因為每次會談，都要雇汽車、吃飯、吸鴉片煙，這些費用由琉璃廠某書局墊付。書出版後還掉一切開支，所剩也就無幾了！賽金花原指望通過這本書撈一筆錢，因為所得無幾，竟遷怒于商（在寫書中間，劉半農已病逝）。但商妥為周旋，和賽金花仍保持了友好的關係。賽死後，顧媽生活無著，就到商鴻逵家中幫忙，由商供養。

……

《賽金花本事》一書是賽金花本人口述其親身經歷，應該說有很大的可信程度。世人對賽金花身世感興趣的地方有二：一是她是洪狀元的寵妾，出過洋，後來淪為妓女；二是庚子事變時，她與八國聯軍統帥瓦德西有染，傳說她與瓦德西同居儀鑾殿三個月，成為津津樂道的事。小說《孽海花》描述了這些經過，後來戲劇也寫。對於這些說法，賽金花是矢口否認的。她在與劉半農、商鴻逵等會談時，曾氣急地辯解說，這都是寫書的人嚼舌頭糟蹋她，要求大家為她伸冤。她承認確與瓦德西接觸過數次，確為聯軍籌措軍糧，確勸聯軍不要蹂躪北平這座城，但她與瓦德西並無那些事。

在舊紙夾中找到了七張新青年稿紙，就用來

寫初期白話詩稿的目錄，且在目錄後面隨筆

了一大堆廢話，到廢話說完，七張稿紙也就快

完了。

中華民國二十一年十二月廿八日

半農劉復書於平廬之含暉堂

……

《賽金花本事》一書出版後，歷史學家尹達和鄧之誠等都予以肯定。這本書在社會上引起了很大的影響。上海影星蝴蝶曾致函商鴻逵，要求商伴賽金花去滬，商量拍電影的事，被商婉言謝絕。北京大學文學研究院院長胡適認為研究生不該為妓女立傳，要處分商鴻逵。商做了檢討作罷。後來，「文革」中商挨整的原因之一就是為妓女立傳。

此時有瑜壽：本名張慧劍。（筆者疑為賽金花編《靈飛集》之張次溪為同一人）編有《賽金花編年故事》，並說：「樊增祥的『後彩雲曲』，是臭名士侮蔑賽氏的典型惡禮，它的序先說：『彩雲侍德帥瓦德西，居儀鑾殿，爾時聯軍駐京，唯德軍最酷，諸王大臣，皆森目結舌，賴彩雲言於所歡，稍止淫掠。儀鑾殿火，瓦抱之穿窗而出。』詩中又有：『此時錦帳雙鴛鴦，皓軀驚起無襦袴。』，『撞破煙樓閃電窗，釜魚籠鳥求生路。』等等極不堪的描寫。因為瓦德西狼狽逃

民國二十三年劉半農（右第二人）遊百靈廟與北大校友合影。

出火場，是當時眾所周知的事實，他這樣一寫，更有許多人把他這段狗屁不通的東西當作信史。庚子以後關於賽氏故事中的一切歪曲與誇大的根子，都是樊增祥這首詩來的……」

另有范烟橋[10]作《孽海花造意

[10] 范烟橋：名鏞，字烟橋，別署喬木、含涼、范生、愁城俠客。生於清光緒（甲午）二十年（一八九四），卒於民國五十六年（一九六七）。江蘇吳江人。初讀蘇州草橋中學，繼入南京東南大學。十餘歲時即與同鄉張聖諭創辦報紙，名《元旦》，後改為《惜陰》、

者金一先生訪問記》、《為近代外患史上一個被迫害的女人喊冤》。

《同言》。初為油印，後改鉛印。前後發行二三年，為吳江報紙首創。而後發起組織文學團體「同南社」，社友多達三百餘人，並發行《同南社社刊》十集。與此同時從事地方教育工作，歷任小學教員、勸學員、縣教育會會長。民國六年（一九一七）加入「南社」。民國十一年（一九二二）隨父遷居蘇州。同年加入文學社團「青社」，旋與趙眠雲等發起組織「星社」，主編社刊《星》、《星光》、《星報》。民國二十一年（一九三二）在蘇州創刊《珊瑚》半月刊。執教於蘇州東吳大學。抗戰時期，避居上海，仍以教書賣文為生。中共建國後，任江蘇省政協委員、蘇州文化局長、博物館長。「文革」時曾遭迫害。范氏為「蘇州派」作家代表之一，於詩、文、書、畫、彈詞、文學史等無不涉獵，尤以小說為主。著作宏富，有三十餘種之多。如詩集：《待曉集》、《敝帚集》、《北行雜詩》；短篇小說：《范烟橋小說集》、《烟絲》；長篇：《新儒林外史》、《別有世界》、《花蕊夫人》、《忠義大俠》、《江南豪傑》、《孤掌驚鳴記》；彈詞：《王交柯彈詞》、《家室飄搖記彈詞》、《太平天國彈詞》；文學論著：《中國小說史》、《民國舊派小說史略》、《詩學入門》、《詩壇點將錄》；其他《三十年文壇交遊錄》、《明星實錄》、《書信寫作法》、《齊東新語》等。此外，尚有電影《西廂記》插曲〈和詩〉、〈月圓花好〉、〈拷紅〉，和《燕燕于飛》插曲〈花樣的年華〉、〈夜上海〉等歌詞，也都是他的作品。

天狗會的五位重要人物（右至左：謝康壽、常玉、劉紀文、邵洵美、張道藩），民國十四年攝於巴黎。

右至左：張友鸞、張恨水、張慧劍（瑜壽）。

甲午同庚會自右起坐者吳湖帆、范烟橋、楊清磬、汪亞塵。立者第五人梅蘭芳、十三人周信芳、十四人鄭午昌，時在一九四三年。

最早把賽金花搬上舞臺的戲劇家和演員

《孽海花》出版不久，「陝西易俗社」把它改編成話劇劇本《頤和園》，又名《賽金花》，在北京長安西街吉祥大戲院演出過，這時賽金花還在，也去看過，不過影響不大，沒起什麼作用。

民國二十五年四月一日，上海《文學》月刊六卷四期刊出戲劇家夏衍的《賽金花》七幕話劇劇本，四月十六日「劇作者協會」又為此召開了一次座談會。與會者有：凌鶴、章泯、張庚、尤兢（于伶）、陳中、旅岡、盧豫冬、賀孟斧、周鋼鳴等。會上公認，這是「建立國防戲劇」口號提出後最早出現的「一個很成功的作品」，其成功主要表現，在於揭露「滿清官場的腐敗」，以「批判的態度來整理這歷史題材」和「人物形象的塑造」這三方面。

不過也有人認為，作者未將文題搞清楚，不明白是以賽

夏衍。

金花個人，還是以庚子事件作主題，尚未充分表現出義和團運動的意義，不應該對賽金花給予更多的同情，諷刺過分，座談會太漫畫化。

嗣後夏衍撰文表示，他寫此劇是想揭露漢奸醜態，喚起大眾注意國境以內的國防。（題為〈歷史與諷諭〉）。至於同情賽金花，是因為她多少還保留一點人性。（題為〈賽金花餘談〉）。

同年十一月，該劇由四十年代劇社在上海演出，引起社會熱烈反

江青（右）與王瑩合照。

應。當月二十二日《大晚報》學藝部召開專題評座，與會者有：錢亦石、阿英、沈起予、夏征農、柯靈、鄭伯奇、崔萬秋等。沈起予認為：該劇無論從哪一點說，都是優秀的。夏征農認為：該劇在揭露官僚方面最為成功，但將賽金花寫成愛國志士，卻不夠妥當。也有人批評該劇不夠大眾化。

同年十二月，茅盾發表〈賽金花〉一文，認為該劇存在著未把握到中心的失誤。在此期間，鄭伯奇、田漢、陽翰笙、寒峰、周煦良等，也都撰文參加討論，文章散見《文學界》、《文學雜誌》、《女子月刊》等刊物。《女子月刊》還出過「賽金花特輯」。

李健吾曾稱：該劇企圖宏大，與熊佛西的同名話劇相比，洋溢著更多的時代空氣，結構類似電影進展，速寫形式透露聰明，然而缺少沉永。人物不算少，我們還嫌不夠多，未能形成群眾的騷動，我們更嫌不夠深，僅僅為作者洩了忿完事。

魯迅對於該劇，在其〈這也是生活〉一文中也有批評。唐凱在他編的《中國現代文學史》中則認為女主角賽金花「原也置於諷喻的『焦點以內』，但由於作者對她的『同情較多』，實際落筆時對她無不贊頌。劇本對義和團的革命歷史作用，也缺少正確的較為全面的認識與評價。」真是仁者見仁，知者見智的說法。

江青和她的好友王瑩，為了爭演賽金花沒有爭到而失和。夏衍亦因此在「文革」時被鬥。該劇於民國二十六年在南京演出時遭人搗亂，並被當局禁演。該劇本收入一九八四年中國戲劇出版社出版《夏衍戲作集》。

夏衍，原名沈乃熙，字瑞先，清光緒二十六年（庚子、一九〇〇）生，浙江杭縣人。三歲喪父，家貧，小學畢業曾作染坊學徒。民國四年，入杭州甲種工業學校。民國八年，參加「五四」新文化運動，發起創辦和編輯《浙江新潮》。民國九年赴日本留學，入明治專門學校電機科，課外常讀狄更斯、屠格涅夫、托爾斯泰、歌德、海涅等人作品。民國十三年，國父孫中山先生指定李烈鈞介紹他加入中國國民黨。民國十四年於明治專校畢業，入九州帝大深造，曾讀《共產黨宣言》等馬克思著作，結織當時日本著名的馬克思主義者，並參加活動。民國十六年，因參加進步的文藝運動，被日本當局驅逐回國，在上海參加了中國共產黨。

民國十八年，他和鄭伯奇、馮乃超等組織「上海藝術劇社」，編輯《藝術月刊，翻譯高爾基的《母親》。左翼作家聯盟成立，他被選為執行委員，之後發起組織「左翼戲劇家聯盟」。民國二十一年應上海明星電影公司聘為編劇顧問，先後創作和改編《狂流》、《春蠶》、《上海二十四小時》等電影劇本。民國二十五年寫了《賽金花》、《秋瑾傳》、《包身工》等劇本。次年又寫了《上海屋簷下》。抗戰爆發，任上海《救亡日報》總編輯。上海淪陷，先後到廣州、桂林進行救亡日報復刊。民國二十九年寫了《心防》、《愁城記》劇本。「皖南事件」後赴香港，香港淪陷赴重慶，又寫了《水鄉吟》、《法西斯細菌》、《芳草天涯》等劇本。

抗戰勝利，他在南京梅園中共代表團工作。民國三十七、八年在香港中共工作委員會工作，同時任《華商報》編委及副刊《茶亭》編輯，發表一些雜文、短評和影評。中共建國，當選中國文學藝術界聯合會理事，曾任中共中央文化部副部長，分管電影與外事。曾先後將《祝福》、《林家鋪子》、《我的一家》等改編成電影劇本。「文革」遭鬥九年。之後當選第五屆政協全國委員會常務委員及中國電影家協會主席。

夏衍在上海寫了《賽金花》七幕話劇，幾乎與此同時，熊佛西在北京也寫了《賽金花》四幕話劇，不過沒能演出。

夏衍（右）與友人合影。

熊佛西，原名福熊，字化儂，筆名有：佛西、戲子、向君、熊等。與夏衍同年生，江西豐城人。民國二年入湖北省立中學。民國八年考入燕京大學攻教育、文學。在校與同學創辦《燕大週刊》，任主編，提倡戲劇，是年寫了《青春的悲哀》、《新聞記者》兩劇。民國十年，加入了「文學研究會」，與沈雁冰、陳大悲、鄭振鐸、歐陽予倩等十二人組織「民眾戲劇社」，在上海出版《戲劇》月刊，計六期，提倡「藝術的新劇」，為新文學運動第一份戲劇刊物。

民國十二年燕大畢業，在中學任教。次年入美國哥倫比亞大學研究院攻戲劇，著有：《甲子第一》、《長城之神》、《一片愛國心》等劇。並與余上沅、趙太侔於紐約相遇，相約畢生致力於戲劇。民國十四年，余、趙回國，主持「國立北平美專」（後改藝專）。民國十五年，熊氏獲哥大碩士學位回國，出任北平大學藝術學院戲劇系教授兼主任、燕大國文系兼任講師，教授戲劇研究。民國十八年，創辦《戲劇與文藝》月刊，任主編。並編北平晨報《戲劇週刊》。民國二十一年出任「中華平民教育促進會（會長晏陽初）河北定縣試驗區戲劇研究委員會主任兼農民劇場主任，組團到農村演出，為北方戲劇運動領導者。熊氏以寫通俗劇出名，有時不免流於庸俗。

民國二十六年「七七事變」，他隨平民教育促進會撤到湖南長沙，後與「農民劇場」成員合組「農民抗敵劇團」，在成都不斷演出。民國二十七年出任「四川省戲劇教育實驗學校」校長。民國二十八年任「三民主義青年團中央青年劇社」社長。同年與葉仲寅結婚，二人在重慶合編《戲劇崗位》月刊。民國二十九

王瑩飾演賽金花劇照。

年與張季純合編《戲劇教育》。民國三十三年在桂林創辦《文學創作》月刊，自任主編。民國三十六年繼顧仲彝之後任「上海市立實驗戲劇學校」校長。民國三十八年任「中華全國文學藝術界聯合會（文聯）」全國委員、「中華全國戲劇工作者協會」常務委員、「華東軍政委員會文化教育委員會」委員等職。

中共建國後，一九五〇年任上海「文協」理事、「上海市戲劇學院」院長。一九五三年與老舍、洪深等隨「中國人民第三屆赴韓慰問團」訪問北韓，任第四總分團副團長、「文聯」第二屆全國委員。一九五四年任「政協」第二屆特邀代表。一九五五年任「中央戲劇學院華東分院」院長。一九五九年任「辭海編輯委員會」編輯委員。一九六五年去世。終年六十六歲。

熊氏除早期著作外，另著有長篇小說：《鐵苗》、《鐵花》；劇作《蟋蟀》、《詩人的悲劇》、《中華民族的子孫》、《王三》、《洋狀元》、《藺芝與仲卿》、《愛情的結晶》、《蒼蠅世界》、《藝術家》、《臥薪嘗膽》、《鋤頭健兒》、《牛》、《過渡》、《後防》、《袁世凱》、《當票》、《喇叭》、《醉後》、《害群之馬》、《賽金花》、《佛西戲劇》四集；劇論：《佛西戲劇》、《寫劇原理》、《戲劇與文藝》、《戲劇大眾化之實驗》等。

熊氏的《賽金花》，作於民國二十六年一月，初刊於該年三月二至二十日北平《實報》，該報於同年初版，列入該報叢書，有管翼賢序及作者自序。民國三十年三月由重慶華中圖書公司再版，並刪去序言，增收《賽金花本事》及作者〈賽金花公演感言〉。

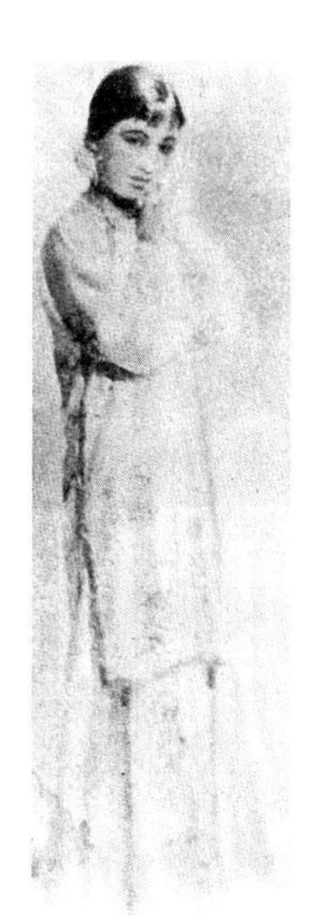

王瑩因為飾演「賽金花」一角，而與江青結怨，種下日後冤死黑獄的禍根。圖為王瑩飾演賽金花的扮相。

悲劇女英雄王瑩早年的照相。

最早「續孽海花」的作家

民國二十六年，也就是賽金花去世後的第二年，燕谷老人作《續孽海花》，由「真美善」書局出版。該書前有〈前序〉、〈後序〉、拙軒——〈談孽海花〉、燕谷老人〈續孽海花——楔子〉。自第十六卷起到三十卷止。後有附錄：〈紀果庵——續孽海花人物談〉。

燕谷老人，初名張瀓，改名張鴻，字師曾，又字誦堂，別署隱南、映南、璠隱，晚號蠻公、燕谷老人、童初館主。清同治六年（一八六七）生，卒於民國三十年（一九四一）。江蘇常熟人。書香世家，弱冠，補博士弟子員。光緒十五年（一八八九）中鄉試，援例報捐內閣中書，遷戶部主事。光緒二十二年（一八九六）考取總理各國事務衙門章京。時朝政窳敗，覘國者爭言事，鴻尤踔厲風發。光緒三十年（一九〇四）成進士，廷試以忤當道者、抑置三甲一名，

續孽海花書影。

奉旨以戶部主事歸原班。後歷官外務部主事郎中，記名禦史、及出使日本長崎領事、仁川領事。後以母年高請辭歸養。離政界後服務鄉里，與同鄉好友曾樸（孽海花作者）、徐念慈、丁祖蔭等，創辦小學、中學、苦兒院，並主持創立常熟圖書館、紅十字會、佛教會。

　民國二十六年抗戰爆發，全家逃到桂林。次年夏繞道香港移居上海。民國三十年（一九四一）十月二十五日以風疾卒。

鴻通英、法、日語，工詩詞、書、畫、擅小說、佛學、昆曲，多才多藝，知識淵博，著有：《蠻巢詩詞稿》、《游仙詩》、《長無相忘室詞》；譯有：《成吉思汗實錄》，另有文稿、筆記、詩話等未刊行。著《續孽海花》小說三十回，是受曾樸委託。

大約與前同時，另有陸士諤也作《續孽海花》。

附二：陸士諤（一八七六—一九四三），名守先，字士諤，江蘇青浦人。早年從唐純齋學醫，懸壺無人問津，見小說受人青睞，改行圖書出租，收入不惡。餘暇遍覽小說，既久一試，投報竟被刊登，從此由短篇、中篇而長篇一發而不可收。由報紙連載而出單行本問世居然風行一時。後又一面行醫一面寫作，著有小說三十餘種，以武俠和社會小說居多。除《續孽海花》外（收入阿英編《庚子事變文學集》卷二），另有《八大劍俠》、《血滴子》、《七劍八俠》、《三劍客》、《八劍十六俠》、《女皇秘史》、《清史演義》、《清朝開國演義》及多種醫書等。

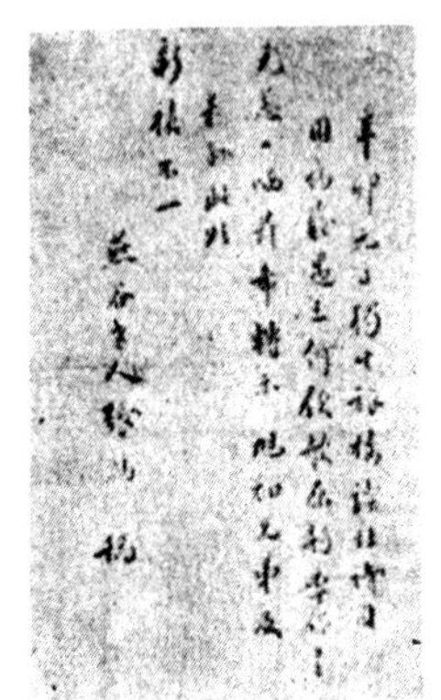

燕谷老人張鴻手跡。

最早以英文寫賽金花的博士和碩士

在所謂的「賽金花熱」——「第三個時期」二十年後，美國哈佛大學博士張歆海，以英文寫了一部*The Fabulous Concubine*（擬譯為《妾的傳說》），於一九五六年出版。這應該說是「賽金花熱」的「第四個時期」了。

這部書是張博士在外交生涯裡，從廣而實際的知識中，直接牽引出的一部長篇小說，他是在向美國人演講。他說：「在你們欣賞這個故事的同時，也增進了你們對當前中國一些問題的理解。」

張歆海，出生於上海，在北京完成學業，留學美國，獲哈佛大學博士學位，回國後在大學任教，同時是一位翻譯家。

民國三十年，他加入我國駐外機構服務，代表我國。他到過葡萄牙、捷克斯拉夫、波蘭，在此時期，我國拼命抵抗

張歆海博士玉照。

日本，他來美國，為了要讓美國人知道我國出色的表現，他翻譯了很多中日之戰的東西。

戰後，他辭去外交工作，恢復原來的教書和寫作，和在聯合國工作的夫人一起現住長島。張博士在太平洋雜誌、耶魯大學的評論雜誌，經常發表文章，並在一個英國刊物上發表中國儒家思想、詩詞、政治和外交一系列的文章。

一九六〇年，美國耶魯大學碩士黎錦揚（Y. Lee），以英文著 *Madame Goldenflower*（擬譯為《金花

黎錦揚先生玉照。

夫人》出版）。

黎錦揚，民國五年生，湖南湘潭人。早年在青島山東大學外文系讀書時，是名作家老舍的學生，那時江青是他們學校圖書館的職員。抗戰時他由長沙臨時大學轉進西南聯大，民國三十年畢業，曾在雲南做過土司的英文秘書。抗戰勝利，他到美國，先入紐約哥倫比亞大學攻比較文學，後來得到他大哥的好友趙元任的幫助，獲得獎學金，入耶魯大學學戲劇，一九四七年獲得碩士學位。

張著書影。

黎著書影。

五〇年代初，他到舊金山華埠打工，晚上住在一家菲律賓夜總會樓上，每天利用餐館下午茶的時間，把所見所聞記錄下來，完成了他的成名作《花鼓歌》（*The Flower Drum Song*）——敘述華埠間代溝的故事。他以英文寫作，書中人物卻盡是中國人。後來改編拍成電影，一炮而紅。寫*Madame Goldenflower*也是一樣，早在讀耶魯時便在大陸蒐集資料。

電影《花鼓歌》女主角關家倩與大陸妹（Miyoshi Umeki）在花園中「搶郎」一景。

三位美國娛樂界大亨與女主角Pat Suzuli（右）在百老匯慶祝《花鼓歌》舞台劇推出週年紀念。

最早把賽金花拍成電視劇的作家編劇和導演

一九八〇年，學者魏紹昌在日本《清末小說研究》第四期，發表〈關於賽瓦公案的真相──從曾樸《孽海花》說到夏衍《賽金花》〉。主要結論，考證出賽瓦並不相識。該文經美國哥倫比亞大學教授夏志清推薦，於一九八八年在臺灣《傳記文學》第三期轉載。從美國張歆海、黎錦揚的賽金花到魏文的發表，其間有二十年左右，因此我們可以說，這是「賽金花熱──第五個時期」。

一九八七年六月三十日，定居瑞士的女作家趙淑俠，開始在臺灣中華日報副刊連載她的《紅塵盡處》長篇小說，新加坡聯合晚報、美國世界日報、香港星島日報等同步跟進，大陸某雜誌也爭取連載，結果其版權由香港電影大導演李翰祥買去，由柯興改編成電視連續劇劇本，拍成電視連續劇。

趙淑俠女士玉照。

趙淑俠，民國二十年生於北平（京），祖籍東北黑龍江肇東。抗戰時隨父母到大後方，於重慶完成小學教育，並於此時開始閱讀群書，奠定文學根基，培養出寫作興趣。抗戰勝利後回到東北，就讀瀋陽中山中學。

民國三十八年，隨家播遷臺灣，定居臺中。於臺中女中完成高中教育，其間受導師江舉謙影響，對日後寫作蒙惠甚多。二十歲開始寫作，並得孟瑤指導。後進正聲廣播公司等電台任編輯，也曾在臺灣銀行服務。

民國五十年赴瑞士留學，畢業於應用美術學院後，成為正式有執照的美術設計師，曾任歐洲華人學會第三屆大會副會長，是英國劍橋大學一九八二年版「世界婦女名人錄」中唯一一位華人婦女。

趙女士於攻讀應用美術畢業後，任印染公司美術師，專事紡織品花式設計，業績頗佳，曾經多次獲獎。公餘寫作，在國內報紙發表。後因子女出生，忙於家務，不但辭去工作，也停止寫作。

民國六十四年，由於胞妹趙淑敏的慫恿，又重新恢復寫作。著有小說：《西窗一夜雨》、《當我們年輕時》、《我們的歌》、《落第》、《湖畔夢痕》、《快樂假期》、《春江》、《塞納河畔》及散文：《紫楓園隨筆》、《童年、生活、鄉愁》、《思鄉情懷》等。

在計劃寫〈紅塵盡處〉（賽金花）時，在國內外蒐集材料，立意把它寫成真正的小說，而不是歷史小說或賽金花傳，是「女性文學」一類，也不是為賽金花

柯興著：《清末名妓賽金花傳》。

翻案，結果她成功了。

一九九四年，柯興著《清末名妓賽金花傳》。從一九八〇年到一九九四年雖然不到二十年，也有十四年了，從這時起，我們稱之為「賽金花熱——第六個時期」。

柯興寫這部書，是在受大導演李翰祥之託改編趙淑俠的《紅塵盡處》小說為電視連續劇《賽金花》之後。之前他對賽金花所知不多，而且多事負面的，在充分研究賽金花史料之後才肯接受這份工作，深恐一但盲從接受，「有辱國誣賢之嫌」。

王曉玉著：《賽金花、凡塵》。

柯氏這部書似受趙淑俠的影響，也涉及不少近代歷史人物，像慈禧、李鴻章、梁啟超、譚嗣同、劉半農、張恨水、曾樸等，都牽扯到「戊戌變法」和「八國聯軍」這段歷史。賽金花傳，主要是寫在這個歷史夾縫中一個小人物賽金花，以其過人的膽識和智慧，對歷史作出承擔。而她的一生，大喜大悲，世態炎涼，都經過了，追求真愛，得而復失、誤落風塵又不甘自賤，令人唏噓。

柯氏在其〈後記〉結語中說：「賽金花不是民族英雄，她只是因為

王曉玉教授生活照。

愛國愛民，才在八國聯軍進北京時期救了許多京城人之命，保護了一些文物，促其議和順利進行。充其量，她不過是個有愛國思想的「平康女俠」。「縱觀賽金花的一生，她仍舊屬於舊中國被侮辱被損害的女性，是苦難時代一個命運更苦的女人。但是，她不該做了一些於國於民有利的事情之後，卻加倍的遭受一些人的侮辱和損害。」

一九九七年，王曉玉著《賽金花、凡塵》。該書於是年先於美國費城動筆，年底於上海完稿。她以

野嶺伊人著：《一代名妓賽金花》。

犀利的審視來清理紛亂的歷史，描述賽金花坷坎沉浮的一生。在她的筆下，賽金花絕非淫娃蕩婦；也不是至直至善的風流才女；更非是力挽狂瀾的「九天護國娘娘」，而只是一個充滿女人味卻又頗具智慧、勇氣、浸淫惡習、追求虛榮、卻又不失善良本性的、混跡於青樓賣笑的普通女性。

作者對於賽金花的史料及其時代背景、社會民俗、包括近代妓女史等，均有全面的考察和研究。

王曉玉，女，生於上海，祖

籍山東鄒平。畢業於華東師範大學中文系。先後在黑龍江、江西、上海等地任教職。現為華東師大中文系教授、中國作協會員、上海作協理事。自二十世紀八十年代開始文學創作，兼及文學評論。主要著有長篇小說：《紫藤花園》；中篇：《上海女性》、《正宮娘娘》、《我要去遠方》及散文：《曉玉隨筆》等。曾多次獲獎。

一九九八年，野嶺伊人著：《一代名妓賽金花》。該書所揭示的，不僅僅是清末一代名妓賽金花的辛酸史；更是衰敗的舊中國一部屈辱史。至此，所謂的「賽金花熱——第六個時期」已告結束。

讀歷史25 PC0311

賽金花比較研究

主　　編 / 林煥彰
作　　者 / 舒　蘭
責任編輯 / 王奕文
圖文排版 / 姚宜婷
封面設計 / 秦禎翊

發 行 人 / 宋政坤
法律顧問 / 毛國樑　律師
出版發行 / 秀威資訊科技股份有限公司
114台北市內湖區瑞光路76巷65號1樓
電話：+886-2-2796-3638　傳真：+886-2-2796-1377
http://www.showwe.com.tw
劃撥帳號 / 19563868　戶名：秀威資訊科技股份有限公司
讀者服務信箱：service@showwe.com.tw
展售門市 / 國家書店（松江門市）
104台北市中山區松江路209號1樓
電話：+886-2-2518-0207　傳真：+886-2-2518-0778
網路訂購 / 秀威網路書店：http://www.bodbooks.com.tw
國家網路書店：http://www.govbooks.com.tw

2013年6月BOD一版
定價：200元

國家圖書館出版品預行編目

賽金花比較研究 / 舒蘭著. -- 初版. -- 臺北市 : 秀威資訊科技, 2013. 06

面； 公分

ISBN 978-986-326-098-1 (平裝)

1. 章回小說 2. 文學評論

857.44 102005443

讀者回函卡

感謝您購買本書，為提升服務品質，請填妥以下資料，將讀者回函卡直接寄回或傳真本公司，收到您的寶貴意見後，我們會收藏記錄及檢討，謝謝！
如您需要了解本公司最新出版書目、購書優惠或企劃活動，歡迎您上網查詢或下載相關資料：http:// www.showwe.com.tw

您購買的書名：________________________________

出生日期：________年________月________日

學歷：□高中（含）以下　□大專　□研究所（含）以上

職業：□製造業　□金融業　□資訊業　□軍警　□傳播業　□自由業
　　　□服務業　□公務員　□教職　□學生　□家管　□其它_____

購書地點：□網路書店　□實體書店　□書展　□郵購　□贈閱　□其他

您從何得知本書的消息？
　□網路書店　□實體書店　□網路搜尋　□電子報　□書訊　□雜誌
　□傳播媒體　□親友推薦　□網站推薦　□部落格　□其他__________

您對本書的評價：（請填代號　1.非常滿意　2.滿意　3.尚可　4.再改進）
　封面設計____　版面編排____　內容____　文／譯筆____　價格____

讀完書後您覺得：
　□很有收穫　□有收穫　□收穫不多　□沒收穫

對我們的建議：________________________________

____

____

____

請貼
郵票

11466
台北市內湖區瑞光路 76 巷 65 號 1 樓
秀威資訊科技股份有限公司 收
BOD 數位出版事業部

（請沿線對折寄回，謝謝！）

姓　名：________ 年齡：________ 性別：□女 □男

郵遞區號：□□□□□

地　址：________

聯絡電話：(日) ________ (夜) ________

E-mail：________